ONCE AÑOS DE ESPERA

ANDREA LAURENCE

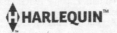

HARLEQUIN™

Editado por HARLEQUIN IBÉRICA, S.A.
Núñez de Balboa, 56
28001 Madrid

© 2014 Andrea Laurence
© 2015 Harlequin Ibérica, S.A.
Once años de espera, n.º 2042 - 27.5.15
Título original: Her Secret Husband
Publicada originalmente por Harlequin Enterprises, Ltd.

I.S.B.N.: 978-84-687-6033-6
Depósito legal: M-5822-2015
Impresión en CPI (Barcelona)
Fecha impresion para Argentina: 23.11.15
Distribuidor exclusivo para España: LOGISTA
Distribuidor para México: CODIPLYRSA
Distribuidores para Argentina: Interior, DGP, S.A. Alvarado 2118.
Cap. Fed./Buenos Aires y Gran Buenos Aires, VACCARO HNOS.

Capítulo Uno

–En esta ocasión, el ataque al corazón que ha sufrido su padre ha sido bastante serio.

Aquellas palabras no consiguieron sino incrementar la preocupación que Heath Langston sentía por el estado de salud de su padre de acogida. Estaba en el exterior de la habitación de hospital de Ken Eden, escuchando el diagnóstico del médico. Se sentía indefenso y eso no le gustaba. Era el más joven de los muchachos Eden, pero poseía su propia empresa de publicidad. Él solo había desarrollado una de las campañas publicitarias más exitosas del año anterior. Estaba acostumbrado a que todo el mundo esperara que él tomara las decisiones.

Sin embargo, aquel asunto era mucho más serio. La única hija biológica de Ken y Molly Eden no había dejado de llorar desde que llegó al hospital. Le gustaba ver sonreír a Julianne, pero no era capaz de encontrar nada con lo que hacer una broma en aquellos momentos.

Los cinco hijos de los Eden habían acudido con prontitud a la granja familiar en Cornwall, Connecticut, en el momento en el que se enteraron de que Ken había sufrido un ataque al corazón. Heath se marchó rápidamente de Nueva York sin saber si su padre de acogida estaría vivo cuando llegara al hospital. Sus padres biológicos murieron en un accidente de automóvil cuando él solo tenía nueve años. Ya era un hombre hecho y derecho, pero se sentía destrozado ante la posibilidad de perder al hombre que había ejercido de padre desde que perdió al suyo propio.

Heath y Julianne habían sido los últimos en llegar y estaban escuchando la información que los demás ya conocían.

—Ahora está estable, pero hemos tenido suerte —prosiguió el médico—. Esa aspirina que Molly le dio podría haberle salvado la vida.

La menuda figura de Julianne estaba de pie delante de él. A pesar de las serias palabras del médico, Heath no podía apartar la mirada de ella. Se parecía mucho a Molly, era menuda pero poderosa. En aquellos momentos, parecía incluso más pequeña de lo normal. Tenía los hombros caídos y la mirada en el suelo. Al llegar al hospital llevaba el largo cabello rubio suelto, pero después de estar sentada una eternidad en la sala de espera, se lo había recogido de manera improvisada. Se echó a temblar al escuchar las palabras del médico. Heath le colocó una mano sobre el hombro para tranquilizarla. Todos sus hermanos habían acudido con el apoyo de sus prometidas, pero tanto Julianne como él estaban solos. Sentía mucha pena por ella. No le gustaba ver a la alegre y segura artista tan de-

4

sanimada. Aunque los dos habían crecido en la misma casa, para Heath ella jamás había sido una hermana sino su mejor amiga, su compañera de fatigas y, durante un breve espacio de tiempo, el amor de su vida.

Saber que se tenían el uno al otro en aquel momento de profunda tristeza hacía que se sintiera mejor. Esperaba que aquella noche los dos pudieran olvidarse de su tumultuoso pasado y centrarse en lo que era más importante. Dado que Julianne no se apartó de su lado, Heath pensó que ella sentía lo mismo que él. En circunstancias normales le habría dado un amistoso empujón y habría evitado el contacto físico. Aquel día no fue así.

Al contrario. Se apoyó contra él para buscar su apoyo. Heath apoyó la mejilla contra los dorados mechones de su cabello y aspiró profundamente el aroma que emanaba de él y que él tenía impreso en sus recuerdos. Julianne suspiró y le provocó una extraña sensación de anhelo en la espalda. Esa sensación hizo que la voz del médico se convirtiera en un murmullo en la distancia. No era el momento más adecuado, pero Heath gozó con aquel contacto.

Tocar a Julianne era algo que no le ocurría con frecuencia y que, por lo tanto, era muy valioso. Ella jamás había sido una persona que demostrara físicamente sus sentimientos, al contrario de Molly, que abrazaba efusivamente a todos los que conocía. Con Heath, la distancia había sido aún mayor. A pesar de lo ocurrido entre ambos hacía ya muchos años, y fuera de quien fuera la culpa, en un momento como aquel lamentaba profundamente la pérdida de una buena amiga.

–Va a necesitar cirugía a corazón abierto. Después, tendrá que estar unos días en la UCI hasta que podamos pasarle a planta.

Aquellas palabras hicieron que Heath se sintiera muy culpable por lo que estaba pensando en aquellos momentos. Aquel pensamiento bastó para que él pusiera de nuevo distancia entre ellos.

–No me gusta crear expectativas, pero creo que al menos estará con nosotros una semana. Podría ser que necesitara hacer rehabilitación. Tal vez podría estar en casa si tuviera una cama en la planta baja y pudieran ustedes contar con la ayuda de una enfermera. Después de eso, va a tener que tomarse las cosas con calma unos meses. Nada de levantar peso ni de subir escaleras. Esta Navidad tampoco podrá ir a cortar árboles, eso seguro.

Esas palabras le ayudaron a tomar una decisión. Con todo que estaba ocurriendo, Heath había pensado tomarse unos meses libres para regresar al vivero de árboles de Navidad que tenían sus padres adoptivos en la granja. Las navidades anteriores, se había descubierto un cuerpo en una finca que había sido propiedad de su familia y recientemente había sido identificado como Tommy Wilder, un niño de acogida que había estado breve tiempo en la granja. Tommy llevaba muerto casi dieciséis años, pero la investigación policial tan solo estaba empezando a cobrar forma.

Por mucho que odiara admitirlo, había llegado el momento de regresar a casa y responder por lo que había hecho. En la granja ya solo quedaban Ken y Molly y, aunque ellos no sabían nada de la verdad de la desaparición de Tommy, tenían que enfrentarse a la investigación policial solos. Según Xander, su único hermano biológico, el estrés sufrido por Ken ante el temor de que el sheriff Duke pudiera arrestarle había sido lo que le había conducido al hospital.

Ya era bastante desgracia que una persona hubiera muerto por los errores de Heath. Si le ocurría algo a otra persona, en especial a alguien tan inocente como Ken, Heath no podría soportarlo.

El médico se marchó y Julianne y él regresaron a la sala de espera, donde estaba reunida el resto de la familia. Sus tres hermanos y sus prometidas estaban sentados en la sala. Todos parecían muy cansados y preocupados.

–Voy a regresar a la granja hasta que papá esté mejor –le anunció al grupo–. Así podré ocuparme de todo.

–Sé que solo estamos a principios de octubre, pero la Navidad llegará antes de que nos demos cuenta –dijo Wade, el hermano mayor–. El último trimestre del año es una pesadilla. No puedes hacerte cargo de todo tú solo.

–¿Y qué opciones tenemos? Todos estáis muy ocupados. Mi socio puede dirigir Langston Hamilton durante unos meses sin mí. Y tengo a Owen –añadió Heath refiriéndose al más antiguo y más fiel de los empleados del vivero de El Jardín del Edén–. Él me podrá ayudar con los detalles. Cuando llegue la Navidad, contrataré a algunos de los chicos del instituto para que me ayuden a empaquetar y a transportar los árboles.

–Yo también voy a regresar a casa –anunció Julianne.

Toda la familia se volvió para mirarla. Julianne había guardado silencio desde que llegó de los Hamptons, pero solo Heath parecía darse cuenta del significado de su decisión. Se ofrecía voluntaria para regresar a casa aun sabiendo que Heath estaría allí. Aunque ella visitaba la granja de vez en cuando, raramente coincidía con sus hermanos a excepción de las celebraciones navideñas.

A pesar de lo menuda y frágil que parecía, había dureza en su mirada. Heath conocía bien aquel gesto. El duro brillo de la determinación. Sus ojos eran fríos como esmeraldas y él sabía que no sería fácil disuadirla de la decisión que había tomado. Cuando Julianne se decidía a hacer algo, no había manera de hacerle cambiar de parecer.

Julianne era escultora. Tanto su estudio como su galería estaban en los Hamptons. No era la clase de trabajo que se pudiera abandonarse tan a la ligera.

–¿Y la gran exposición de tu galería el año que viene? –le preguntó Heath–. No puedes permitirte perder dos o tres meses de trabajo para venir aquí.

–Estoy pensando crear un nuevo estudio –dijo ella.

Heath frunció el ceño. Julianne tenía un estudio en su casa, que compartía con el novio que tenía desde hacía un año y medio. Para ella, era un récord personal, y todos pensaban que Danny sería el definitivo. Que fuera a buscar un nuevo estudio significaba que también buscaba un nuevo sitio en el que vivir. Y posiblemente una nueva relación.

–¿Te ha ocurrido algo con Danny? –le preguntó su hermano Brody.

Ella frunció el ceño a su hermano y luego miró a los demás con un gesto de tristeza en el rostro.

–Danny y yo ya no somos… Danny y yo. Se marchó hace un mes, por lo que vendí la casa y estoy buscando algo nuevo. No hay razón para que no pueda regresar aquí durante unos meses mientras que papá se recupera. Puedo ayudar en la granja y trabajar en mis esculturas cuando el vivero esté cerrado. Cuando papá se encuentre mejor, buscaré un lugar propio.

Heath y los demás la miraron dubitativamente, lo que provocó que ella se sonrojara.

–¿Qué pasa? –les preguntó con las manos en las caderas.

–¿Por qué no dijiste nada de que habías roto con Danny o de que habías vendido tu casa? –observó Xander.

–Porque tres de vosotros os habéis prometido recientemente –explicó ella–. Ya me resultará bastante duro tener que ir sola a todas vuestras bodas, por lo que no me moría de ganas de deciros a todos que había fracasado en otra relación más. Estoy destinada a ser la solterona de la familia.

–No creo que eso sea posible, Jules –comentó Heath.

Julianne lo miró fija y fríamente.

–Lo importante –añadió un segundo después, ignorando las palabras de Heath– es que voy a poder regresar a casa para echar una mano.

Por el tono de su voz, Heath supo que la discusión había terminado por el momento. Entonces, se dirigió al resto de sus hermanos.

–La hora de visita ha terminado por hoy, aunque nos va a costar mucho trabajo apartar a mamá del lado de la cama de papá. Creo que los demás deberíamos marcharnos y regresar a la granja. Ha sido un día muy largo y muy estresante.

Entraron silenciosamente en la habitación de Ken. Resultaba un espacio muy tranquilo, cuyo silencio solo se rompía por los latidos que reflejaba el monitor que controlaba su corazón. Había una luz encima de la cama, iluminando a Ken. Estaba casi tan pálido como las sábanas que lo cubrían. Una máscara de oxígeno le ocultaba el rostro.

Molly estaba sentada en una butaca junto a él. Tenía una expresión alegre en el rostro, aunque eso era más por el bien de Ken que por otra cosa.

Ken giró la cabeza para observar a sus hijos. Resultaba irónico que todos ellos fueran personas ricas y poderosas y que, no obstante, no pudieran hacer nada para ayudarle.

–Aquí ya no hay mucho que hacer –dijo Ken

con dificultad–. Marchaos todos a casa y descansad. Yo no voy a moverme de aquí en unos días.

Julianne se acercó a él y le tomó la mano. Se la estrechó cariñosamente y se inclinó sobre él para darle un beso en la mejilla.

–Buenas noches, papá. Te quiero.

–Yo también te quiero, bichito.

Ella se dio la vuelta rápidamente y se apartó para que los demás se pudieran acercar a saludar a su padre. Estaba tratando de no llorar para no disgustar más a Ken.

Uno a uno se acercaron para darle las buenas noches. A continuación, salieron de la habitación para dirigirse a la granja de sus padres.

Wade y Tori se marcharon a su casa, dado que vivían muy cerca. Heath fue el último en llegar.

Hacía veinticinco años, el viejo granero se había transformado en una especie de casa de huéspedes, en la que se alojaban los niños de acogida que vivían en El Jardín del Edén. Tenía dos enormes dormitorios y baños en la planta de arriba y una gran sala común con una cocina en la planta baja. El granero contaba con todas las comodidades que los chicos podían necesitar.

Heath observó cómo Julianne aparcaba su Camaro rojo descapotable más cerca de la casa principal. Era una casa preciosa, pero no tenía espacio para todos. Solo contaba con el dormitorio de Ken y Molly, con el de Julianne y con uno para invitados.

Ella se detuvo en el porche buscando las llaves.

Parecía perdida. Normalmente, Julianne era una mujer segura de sí misma.

Heath sacó su bolsa de viaje del maletero del Porsche y siguió a los demás al interior del viejo granero. La dejó sobre la mesa de madera y miró a su alrededor. La sala no había cambiado mucho desde entonces, a excepción de la televisión de pantalla plana que Xander había adquirido durante su última visita.

Se sentía cómodo al volver allí, con su familia.

–Chicos –les dijo a sus hermanos y a sus prometidas–, creo que voy a dormir en la casa grande esta noche. Después del día que hemos tenido, no me gusta que Jules esté sola.

Xander asintió y le dio una palmada en el hombro.

–Es una buena idea. Os veremos por la mañana.

Heath recogió su bolsa y recorrió la distancia que le separaba de la casa.

Julianne sabía que debía meterse en la cama. Había sido un día muy largo y muy duro, pero no tenía sueño. Se había despertado preocupada por su trabajo y por el fracaso de su relación.

Se hizo una infusión de manzanilla en la cocina. Tal vez eso lograra tranquilizarla para poder dormir. Estaba sentada a la mesa, tomándose la infusión, cuando oyó que alguien llamaba suavemente a la puerta. Esta se abrió casi inmediatamente, y antes de que ella pudiera levantarse, Heath apareció en la cocina.

–¿Qué pasa? –le preguntó ella sobresaltada–. ¿Ha llamado el hospital? ¿Hay algún problema?

Heath negó con la cabeza, haciendo que un mechón de su cabello castaño claro le tapara los ojos. Levantó las manos en gesto de rendición y ella se dio cuenta de que llevaba su bolsa de viaje en el hombro.

–No, no pasa nada. Papá está bien –le aseguró–. Simplemente no quería que estuvieras sola aquí en la casa esta noche.

Julianne exhaló un suspiro de alivio y se volvió a sentar. Tomó un largo sorbo de la infusión caliente e hizo un gesto de dolor. Después del día que había tenido, no necesitaba a Heath cerca de ella, distrayéndola con su presencia. Aún recordaba el peso de la mano de Heath cuando él se la puso sobre el hombro y la reconfortante calidez del torso de él contra la espalda. El contacto había sido inocente, pero ella había disfrutado tanto con él… Decidió que era mejor olvidarse de aquel recuerdo para centrarse en la salud de su padre.

–Estaré bien sola.

–No –replicó él tras dejar la bolsa en el suelo y sentarse frente a ella.

Julianne suspiró y se pellizcó el puente de la nariz. Se le estaba poniendo un fuerte dolor de cabeza y aquello era lo último que necesitaba.

Cuando miró a Heath, sintió que se perdía en las suaves profundidades castañas de sus ojos. Heath siempre estaba contento. Siempre estaba dispuesto a hacer una broma o a contar un chiste. Sin embargo, aquella noche su expresión era diferente. Parecía preocupado, pero no por Ken. Al menos, no del todo. Estaba preocupado por ella.

Como siempre.

Julianne no se mofaría del empeño de Heath por protegerla. Siempre se había tomado extraordinarias molestias para hacerlo. Ella sabía que, fuera de día o de noche, podía llamarlo y él acudiría enseguida a su llamada, no solo porque fueran familia, había mucho más, y aquella noche Julianne no estaba dispuesta a enfrentarse a ello.

–Gracias –dijo ella por fin. No iba a obligarle a que regresara al granero. No tenía energía suficiente y, además, resultaría agradable tener a alguien en la casa con ella. Sabía que él respetaría los límites.

–Resulta raro estar aquí sin mamá y papá –comentó él mirando a su alrededor.

Era cierto.

–¿Te apetece una infusión? –le preguntó.

–No, estoy bien. Gracias.

Julianne deseó que él hubiera aceptado la infusión para, de ese modo, haber tenido algo que hacer. No habían estado los dos solos desde que ella se marchó a la universidad hacía once años. Había tantos pensamientos y tantos sentimientos a los que no quería enfrentarse. Mirar a Heath a los ojos provocaba que todo volviera a resurgir. La ardiente atracción, un abrumador sentimiento de…

–Entonces, ¿qué ha ocurrido entre Danny y tú? –le preguntó Heath de repente.

–Decidimos que queríamos cosas diferentes, eso es todo. Yo quería centrarme en mi arte y en desarrollar mi carrera. Todo ha ocurrido muy deprisa y no quiero dejar que se me escape la oportunidad. Danny quería que diéramos un paso más en nuestra relación.

–¿Te pidió que te casaras con él?

–Sí –respondió ella.

Trató de no permitir que los recuerdos de aquel incómodo momento se apoderaran de ella. Ella le había dicho repetidamente que no estaba interesada en el matrimonio en aquellos momentos y que los hijos no formaban parte de sus planes de futuro. Sin embargo, Danny le había pedido que se casara con él de todos modos.

–Yo le dije que no lo más cortésmente que pude, pero él no se lo tomó muy bien. Después de eso, decidimos que si no íbamos a ir hacia delante, nos estábamos estancando. Por eso, él se marchó.

Danny era un hombre estupendo. Divertido y sexy. Al principio, no había tenido demasiado interés por sentar la cabeza, lo que, dada la situación de Julianne, era perfecto. Ella tampoco quería ir demasiado en serio. No se habrían ido a vivir juntos si él no hubiera necesitado un lugar en el que alojarse. Debió de verlo como un paso en la relación en vez de algo práctico dictado por la economía. Con el tiempo, había sido más fácil seguir juntos que romper y afrontar las consecuencias.

–¿No querías casarte con él?

Julianne lo miró y movió la cabeza con exasperación. Era una pregunta ridícula. Heath sabía muy bien por qué ella lo había rechazado.

–No. Sin embargo, aunque hubiera querido, ¿qué le habría podido decir, Heath?

Se produjo un largo e incómodo silencio.

–Jules… –dijo Heath por fin.

–Mira, sé que he sacado yo el tema, pero no quiero hablar de esto esta noche –replicó ella. Se terminó la infusión y se levantó–. Con lo de papá y lo de Tommy, no puedo con más dramas.

–Está bien, pero considerando que vamos a pasar los próximos meses juntos, tienes que afrontar el hecho de que tenemos que hablar al respecto. Ya lo hemos ignorado durante demasiado tiempo.

Julianne se había imaginado que aquello ocurriría. Tenía que enfrentarse con su pasado de una vez por todas.

Julianne observó al hombre que le robó el corazón cuando era demasiado joven. Incluso en aquellos momentos, la suave curva de sus labios era motivo suficiente para que el deseo se le despertara. No le costaba esfuerzo alguno recordar lo que había sentido cuando él la besó la primera vez en París. El susurro de los labios de Heath sobre su cuello mientras admiraban la Sagrada Familia en Barcelona…

Sus padres pensaban que habían enviado a sus dos hijos más jóvenes a un emocionante viaje de graduación por Europa. Lo que no sabían era que la libertad y los románticos escenarios que visitaban hacían surgir la pasión entre su hija y el más joven de sus hijos de acogida.

–De acuerdo –dijo–. Cuando papá esté estable y tengamos tiempo para hablar estaré lista para enfrentarme a ello.

Heath entornó la mirada. Ella supo inmediatamente lo que él estaba pensando. No la creía. Julianne llevaba años dándole excusas. Probablemente pensaba que ella disfrutaba con todo aquello, pero eso distaba mucho de ser cierto. Se sentía atrapada entre el hecho de no querer perderlo y el no saber qué hacer con Heath si lo tenía por fin a su lado.

Hacía muchos años, cuando los dos tenían dieciocho años y estaban lejos de casa, él la había deseado. Y ella lo había deseado a él. Al menos eso era lo que Julianne había creído. Era joven e inocente. A pesar de la atracción que le ardía en las mejillas cuando él la tocaba, había descubierto que no podía entregarse plenamente a él.

–Ha sido fácil ignorar todo esto mientras los dos estábamos en la universidad y empezando a cimentar nuestras profesiones –dijo Heath–. Sin embargo, ha llegado la hora. Tu reciente ruptura sentimental es una señal que no podemos ignorar. Tanto si te gusta como si no, tú y yo tendremos que terminar enfrentándonos al hecho de que seguimos casados.

Capítulo Dos

Había puesto sus cartas sobre la mesa. Aquello terminaría. Y pronto. Después de varios minutos en absoluto silencio, esperando a que ella respondiera, Heath tiró la toalla.

–Buenas noches, Jules –dijo levantándose de la silla.

Entendía que Julianne no pudiera abordar ese tema aquella misma noche. Sin embargo, no iba a esperar eternamente. Ya había desperdiciado demasiado tiempo con Julianne. Recogió su bolsa del suelo y salió al vestíbulo para dirigirse a la habitación de invitados.

Esta estaba justamente al otro lado del vestíbulo, en el lado opuesto de la de Julianne, y junto al baño que los dos iban a compartir. Heath podía contar con los dedos de una mano las veces que había dormido en la casa grande a lo largo de los años. No le gustaba. La casa grande era muy hermosa e histórica, llena de antigüedades y de recuerdos familiares. De niños, el granero era el lugar ideal para los chicos. Podían alborotar todo lo que querían, porque los muebles eran muy resistentes y no había nada valioso que se pudiera romper. Pero estar allí con sus hermanos le habría hecho vivir los momentos de entonces.

Durante años, había sido todo lo paciente que se podía ser. Se había dado cuenta por fin de que había sido demasiado amable. Le había dado demasiado espacio. No le había dado incentivo alguno para que ella pudiera actuar. Eso iba a cambiar. No tenía intención alguna de seguir poniéndole las cosas fáciles. Costara lo que costara, le iba a hacer salir del caparazón en el que se protegía y se marcharía de aquella granja siendo un feliz hombre divorciado. Heath sabía que no debía disfrutar viendo cómo Julianne lo pasaba mal, y mucho menos aquella noche, pero así eran las cosas.

En eso convertían a un hombre once años de matrimonio sin tener a su esposa en la cama.

Abrió la puerta de la habitación de invitados y dejó la bolsa el suelo. Como el resto de la casa, el dormitorio estaba bellamente decorado. Mientras se quitaba los zapatos de Prada, se fijó en un retrato que colgaba de la pared en un marco de madera tallada.

Era de Julianne. Uno de los retratos que le hicieron en la escuela primaria. Llevaba el cabello rubio recogido en una coleta y tenía las mejillas salpicadas de pecas. Llevaba un pichi de tela escocesa con un jersey de cuello alto de color blanco por debajo. Estaba tal y como él la recordaba.

Se enamoró de Julianne Eden la primera vez que la vio. Estaban en la clase de cuarto grado de la señora Henderson juntos. La rubia alegre de las trencitas y la radiante sonrisa se sentaba a su lado. Cuando a él se le olvidaba el lápiz, ella le prestaba uno de los suyos, eran siempre rosas y olían a fresas, pero a él no le importaba. De hecho, muchas veces se dejaba el lápiz a propósito en su casa para poder tomar prestado el de ella.

Se había imaginado que, un día, se casaría con Julianne. Tan solo le había parecido un sueño, pero un día ella le dio un beso en el patio. Fue el primer beso de Heath y en ese instante supo que Julianne estaba destinada a ser suya. Incluso le hizo una tarjeta de San Valentín para decirle lo que sentía.

No tuvo oportunidad de darle la tarjeta. El día antes de la fiesta de clase, sus padres fallecieron en un accidente de coche. Heath estaba en el coche con ellos, pero a pesar de sufrir heridas graves, no falleció. Cuando le dieron por fin el alta en el hospital, tanto él como su hermano Xander se encontraron en manos de los servicios sociales. Antes de que se dieran cuenta, fueron a vivir a una granja de árboles de Navidad. Allí descubrió que la preciosa niña de cabello rubio con la que tanto había soñado era ahora su hermana.

Rechazó la idea de inmediato. Tal vez vivían en la misma casa, pero ni una sola vez en veinte años utilizó la palabra hermana para referirse a ella. Normalmente era Jules. Julianne si estaban hablando de ella a una persona que no fuera de la familia.

A pesar de todo, abandonó su sueño de casarse

con ella poco después de llegar a vivir a la granja. Julianne no volvió a besarle en el patio. Eran amigos. Nada más. No fue hasta que estuvieron en el instituto y eran los únicos jóvenes que quedaban en la granja cuando las cosas volvieron de nuevo a cambiar entre ellos. El viaje a Europa fue el punto de inflexión. Desgraciadamente, duró mucho tiempo.

Ese parecía ser el modo en el que Julianne se comportaba con los hombres. Desde que rompieron, había salido con varios, pero, por lo que él sabía, nunca demasiado en serio ni por mucho tiempo. Ninguno de los hermanos había conocido nunca a uno de sus novios. Tampoco había llevado a ninguno a la granja. Danny había sido el que más lejos había llegado al conseguir irse a vivir con ella. No dejaba que ningún hombre se le acercara demasiado, pero Heath no estaba seguro de cuál era la causa y cuál el efecto. ¿Había fracasado su matrimonio porque a ella no le gustaba tener relaciones serias o acaso fracasaban todas sus relaciones porque estaba casada?

Sacó algunas de sus cosas de la bolsa de viaje. Estaba medio desnudo cuando oyó que ella llamaba suavemente a la puerta.

–Entra.

Julianne abrió la puerta y asomó la cabeza. Empezó a hablar, pero luego se detuvo en seco al ver el torso desnudo de Heath. Él trató de no moverse ni de sacar pecho. Le gustaba pensar que tenía un físico bastante agraciado, pero fue un acto reflejo.

Salía a correr todos los días y levantaba pesas. De niño, siempre era el más menudo de clase, pero ya no era así. Medía un metro ochenta y, aunque era el de menor estatura entre sus hermanos, podía hacerles frente sin problemas.

Julianne, que se había quedado sin palabras, parecía estar completamente de acuerdo. Un rubor rojizo le había cubierto las delicadas mejillas de porcelana. Estuvo boquiabierta hasta que pareció darse cuenta y cerró la boca inmediatamente.

Si Heath hubiera sabido que andar sin camisa le provocaba esa clase de reacción, lo habría hecho hacía mucho tiempo. Se metió las manos en los bolsillos e hizo que los Dolce&Gabbana se le bajaran un poco más de la cintura con el movimiento, dejando al descubierto así el vello que le nacía en el ombligo y el corte de los músculos por debajo de las caderas.

Julianne tragó saliva y sacudió la cabeza. Entonces, fijó la atención en el armario.

—Lo siento… No sabía que estabas…

—No pasa nada —dijo él con una sonrisa. Estaba disfrutando de la incomodidad que ella sentía—. No soy nada tímido y, además, no hay nada que no hayas visto antes.

Ella negó con la cabeza.

—No recuerdo que antes tuvieras ese aspecto —replicó ella. Inmediatamente, se cubrió la boca con la mano, como si estuviera avergonzada de haber puesto voz a sus pensamientos.

Heath suponía que verla a ella con el torso desnudo le produciría a él el mismo efecto. De hecho, en ocasiones, no podía evitar pensar el aspecto que tendría ella en el presente sin jersey. La adolescente a la que había amado se había convertido en una mujer muy sexy y muy dotada. La delgadez se había visto reemplazada por suaves curvas y delicados movimientos.

–Bueno, ¿necesitabas algo? –le preguntó él.

Julianne volvió a mirarle.

–Sí, bueno… No. En realidad no. Solo quería darte las gracias.

–¿Darme las gracias? ¿Por qué?

–Por quedarte conmigo esta noche. Sé que preferirías estar charlando y riéndote con Xander y Brody. Os veis muy poco.

–Los veo más a ellos de lo que te veo a ti –replicó Heath sin poder contenerse. Era cierto. De niños habían sido inseparables. Julianne era su mejor amiga. El matrimonio debería haberlos unido más y, en vez de eso, los había separado. Heath seguía sin comprender por qué–. Te echo de menos, Jules.

–Yo también te echo a ti de menos, Heath –respondió ella con una expresión de profunda tristeza en los ojos.

–No digas mentiras. Me evitas. ¿Por qué? –preguntó él–. Aunque nos divorciáramos, me da la sensación de que seguirías mostrándote incómoda conmigo.

–No me siento incómoda –dijo ella de un modo no muy convincente.

–¿Acaso me castigas por lo que ocurrió entre nosotros?

Julianne suspiró.

–No te estoy castigando y tampoco tiene que ver con lo que ocurrió en Europa. Hay cosas en nuestro pasado en las que no me gusta pensar. Resulta más fácil olvidarlas cuando no te veo o hablo contigo.

–¿Cosas de nuestro pasado? Espera un momento… ¿Me estás culpando por lo que ocurrió con Tommy Wilder?

–¡No! –exclamó ella enfáticamente–. Tú eres mi salvador. El que me protegió cuando nadie más podía hacerlo.

–¿Y sin embargo piensas en esa horrible noche cuando me miras?

–No –insistió ella de nuevo–. Si eso fuera cierto, nunca me podría haber enamorado de ti. Resulta más fácil para mí centrarme en el futuro en vez de vivir en el pasado. Nuestra relación está en mi pasado.

–No según el registro civil. Eso es bastante más claro y relevante. Ignorar las cosas no hace que desaparezcan. Solo las empeora.

Julianne se echó a reír y se cruzó de brazos.

–Créeme si te digo que lo sé. Lo que no sé es lo que hacer al respecto.

–Divorciarnos. No podemos seguir casados toda la vida.

–Hasta ahora, todo ha ido bien.

Fue el turno de que Heath se echara a reír.

–Y eso lo dice la mujer que rompió con su novio cuando él le pidió matrimonio.

–Yo no... Esta conversación se ha desviado mucho de su objetivo inicial cuando yo llamé a tu puerta. Gracias de nuevo. Y buenas noches.

Heath observó cómo ella se daba la vuelta para marcharse.

–Buenas noches.

La puerta se cerró. Cuando él estuvo seguro de que ella se había marchado a su dormitorio, se quitó el resto de la ropa y se metió en la cama tan solo con los calzoncillos. Las sábanas eran tan suaves y el colchón tan cómodo que la cama parecía obligarle a relajarse, acercándolo al mundo de los sueños más rápido de lo que hubiera creído posible.

Las cosas no habían salido bien entre Julianne y él, pero Heath no era ningún idiota. Hacía mucho que había dejado a un lado la idea de que su matrimonio pudiera por fin convertirse en algo real. Ni siquiera lo habían consumado. Él había creído que Julianne terminaría cambiando de opinión. Era su primera vez y tal vez tan solo estaba nerviosa. Sin embargo, después se marchó a un curso de arte en Chicago sin ni siquiera despedirse de él. Heath fue detrás de ella, se había imaginado un momento romántico, pero, en vez de eso, ella le dijo que su matrimonio había sido un error y que él tenía que olvidarse hasta de que había ocurrido. Después, prácticamente le cerró la puerta en las narices.

Heath se sintió destrozado. Entonces, la tristeza

se metamorfoseó en ira. Luego en indiferencia. Después de eso, decidió que si ella quería tan desesperadamente divorciarse de él, dejaría que fuera ella quien lo pidiera. Y decidió esperar.

Once años.

En realidad, eso no había supuesto ningún problema. Él no había conocido a ninguna mujer que le hubiera hecho sentir deseos de contraer matrimonio. Sin embargo, moralmente no estaba bien. Ella no le quería y, a pesar de todo, se resistía a dejarlo marchar. Julianne siempre parecía tener una excusa. No tenían dinero. Se mudaban demasiado como para poder establecer una residencia. Estaban ocupados haciendo arrancar sus negocios. Las citas con los abogados se posponían una y otra vez.

Después de un tiempo, Heath comenzó a preguntarse si ella prefería permanecer casada y mantenerlo en secreto que presentar el divorcio y arriesgarse a que todo el mundo supiera que se había casado con él. Su gran error. Heath la conocía desde que tenían nueve años y aún no podía comprender lo que ocurría en el interior de aquella hermosa cabeza rubia.

Julianne se sentó en una mecedora del porche trasero con una taza de humeante café en la mano. Apenas había dormido la noche anterior, había estado tumbada en la cama gran parte de la noche pensando en Heath. Había recordado el primer viaje que hicieron juntos y lo maravilloso que había sido. A pesar de que eran muy jóvenes, él había sabido perfectamente cómo tocarla. En un lugar tan romántico como Europa había creído que podría superar su miedo. Se había equivocado.

Había sentido el despertar familiar del deseo en el vientre, pero ocultó el rostro contra la almohada hasta que desapareció. No importaba cuánto le había amado ni cuánto siguiera deseándolo. No evitó el miedo que casi la estrangulaba con su pánico irracional. Si no se podía entregar a Heath, el que la protegía, al que se sentía más cercana que a nadie, eso significaba que no podía estar con nadie.

No obstante, Heath tenía razón en una cosa: necesitaban seguir con sus vidas. Desgraciadamente, si había algo que los años le habían enseñado era que la verdad era mucho más dolorosa que una mentira. Mintió por el bien de todo el mundo, incluso por el suyo propio. Para tener una relación verdadera y sincera con Heath, tendría que decirle la verdad sobre su noche de bodas y, sencillamente, no podía hacerlo. Eso significaba que lo único que le quedaba por hacer era limpiar los restos de su relación. Y habría muy pronto tiempo para eso. Se tenían que solucionar primero otros asuntos más importantes, como su mudanza y ver cómo su padre superaba su operación de corazón.

Era aún muy temprano. El sol acababa de salir. Heath seguía dormido y no había señales de vida provenientes del granero. Por el momento, solo estaba ella, rodeada del aire fresco y del bosque de pinos que se extendía a su alrededor.

En otros momentos de su vida, aquellos pinos habían sido su santuario. Cuando algo la preocupaba, se perdía en ellos, caminando sin mirar atrás. Como cuando Tommy Wilder llegó a la granja. Jamás se había imaginado que alguien podría hacerle tanto daño sin matarla. Las heridas físicas sanaban, pero las emocionales se prolongaban en el tiempo. Aquel día, los árboles le habían dado la espalda y ella se había negado a volver a caminar entre ellos. Los chicos se habían hecho cargo con gusto de las tareas que ella tenía asignadas y Julianne había empezado a trabajar con Molly en la tienda. Su madre creía que era el espíritu artístico lo que la había hecho abandonar el campo para refugiarse en la tienda.

Nada podía estar más lejos de la verdad. En realidad, fue al revés. Su refugio en la tienda dio alas a una creatividad artística que ella no sabía que tenía. Empezó a ayudar a Molly a hacer guirnaldas, pero pronto empezó a moldear y a pintar las ventanas de los belenes. Se guardó sucesos dolorosos, que la confundían. Resultaba fácil dejarse llevar por el arte. Por suerte, tenía talento y pudo convertir su terapia en una profesión.

El ruido de los neumáticos de un coche la sacó de sus pensamientos. Un momento después, vio el Buick de Molly rodear la casa y aparcar junto a su Camaro.

Se levantó y se acercó para saludar a su madre.

–Buenos días, mamá. ¿Se encuentra bien papá?

–Sí. Está bien. De hecho, se encuentra lo suficientemente bien como para mandarme a casa un rato. Le operan mañana, por lo que quiere que descanse ahora, mientras puedo.

–Tiene razón. He hecho café.

–Gracias a Dios –dijo Molly mientras subía lentamente las escaleras–. Esa agua sucia del hospital no merece ni siquiera el nombre.

Entraron en la casa y Julian le sirvió una taza de café. Entonces, se sentó junto a su madre a la mesa de la cocina. Al mirar a su madre, supo que no podía dejar que sus padres descubrieran que se había casado con Heath justo después de terminar el instituto. No era con quién se había casado ni cómo. El problema era explicar por qué las cosas no habían salido bien entre ellos y por qué ni siquiera deseaba arreglarlas. Todo el mundo querría saber cómo habían podido casarse para luego romper en un abrir y cerrar de ojos. Eso era algo que ni siquiera le podía decir a Heath. ¿Cómo podía decirles a sus padres, que no tenían ni idea de que Tommy había desgraciado a su hija?

Julianne se negaba a dejar de ser la hija moderna y segura de sí misma de Ken y Molly. Sus padres la amaban sin reservas, pero, al mismo tiempo, expresaban su pena por solo haber tenido una hija. Cuando empezaron a acoger a otros niños, a Julianne le empezó a costar más trabajo ganarse su atención. Lo primero que hizo fue tratar de ser la mejor en el colegio para demostrarles que podía compensarles de ese modo por ser solo la única. Además, se portaba muy bien y jamás les causaba el menor problema a sus padres.

Eso funcionó hasta un punto. Siempre se mostraban dispuestos a halagarla, pero no paraban de acoger a otros niños en la granja. Por eso, la perfección se convirtió en el modo que ella tenía de que se fijaran en ella. Después del incidente con Tommy, ella exigió a sus padres que dejaran de llevar niños a la casa y que le prestaran atención por una vez. Fue muy egoísta por su parte y ella se sintió muy mal haciéndolo. Sin embargo, no se podía arriesgar a que llegara otro niño a El Jardín del Edén que la mirara del modo en el que lo había hecho Tommy.

–¿Te encuentras bien esta mañana? –le preguntó Molly.

–Sí. Heath ha dormido en la habitación de invitados para que yo no estuviera sola. Estuvimos hablando anoche y nos vamos a quedar aquí unos meses. Al menos hasta que pase el Año Nuevo, para ayudar con la Navidad y todo eso.

Molly hizo ademán de protestar, pero se contuvo y asintió. Las dos sabían que ella no podía ocuparse de la granja sola.

–¿Y quiénes os vais a quedar?

–Heath y yo. Él va a dejar la agencia de publicidad por unos meses en manos de su socio y yo he vendido mi casa en Sag Harbour y voy a mudarme aquí hasta que papá esté mejor. Entonces, buscaré otro lugar para vivir.

–¿Y qué me dices de ti y de…?

Su madre no era capaz de recordar el nombre de su novio. Eso dejaba muy claro cómo había sido la historia amorosa de su hija.

–Danny. Hemos roto.

–Ah, vaya. Lo siento mucho.

–Mentirosa –dijo Julianne con una sonrisa mientras se tomaba un sorbo de café.

Molly no dijo nada al respecto.

–He estado hablando con una aseguradora de cuidados médicos privada para poder traer a tu padre a casa para que se recupere. Me han recomendado que ponga una cama en la planta de abajo. Ellos me podrán proporcionar una enfermera interna durante algunas semanas.

–Perfecto.

–Sí, pero tú tendrías que instalarte en el granero. Necesitamos ponerlo en una cama abajo y necesitamos la otra para la enfermera. ¿Te parece bien?

–Claro que sí –respondió Julianne, aunque la idea de compartir alojamiento con Heath no le entusiasmaba mucho. Lo de la noche anterior había sido más que suficiente–. Así tendré sitio para almacenar mis cosas.

–Y hablando de eso… ¿qué me dices de tu estudio? ¿Y de tu galería y tu exposición? Tendrás que seguir trabajando, ¿no?

–La galería está bien sin mí, mis empleadas la dirigen perfectamente. En cuanto al estudio, estoy pensando que puedo trabajar aquí y no tendría

31

efecto alguno en la exposición. Podría utilizar parte del granero.

–Bueno, el almacén no se utiliza desde hace años. Podríamos limpiarlo y podrías utilizarlo.

–¿El almacén?

–Sí. ¿No sabes a lo que me refiero? En el granero, debajo de la escalera. No es muy grande, pero tiene una ventana y su propia puerta al exterior. Ahí era donde solíamos esconder los regalos de Navidad cuando todos erais pequeños. En estos momentos, creo que podría tener tan solo algunas cajas de los viejos juguetes de los chicos y equipamiento deportivo.

–Ahora lo recuerdo –dijo ella–. Si es como dices, me vendría muy bien.

–Si se queda Heath –añadió Molly–, tal vez él te pueda ayudar a acondicionarlo. Tenemos algo de tiempo antes de que empiece la fiebre de las navidades.

–¿Con qué tengo que ayudar?

Heath entró con gesto somnoliento en la cocina. Iba vestido con unos vaqueros y una camiseta, pero estaba descalzo, se parecía más al Heath del que se había enamorado; el poderoso ejecutivo era un desconocido para ella.

–Necesitamos que vacíes el viejo almacén del granero –respondió Molly.

Él localizó una taza y se preparó un café.

–¿El que utilizabas para guardar los regalos de Navidad?

Molly se sonrojó.

–¿Lo sabías?

Heath sonrió y luego se puso a buscar algo en un armario para comer.

–Lo supimos siempre, mamá.

–Muy bien. En ese caso, lo mejor es convertirlo en un estudio –comentó Molly.

–Mamá dice que la operación de papá será mañana –añadió Julianne para llevar la conversación en otra dirección.

Heath sacó una caja de cereales y asintió.

–Cuando estemos seguros de que está bien después de la operación, probablemente yo me volveré a Nueva York durante unos días para recoger mis cosas. Necesito organizar algunas cosas con el trabajo y todo eso, pero probablemente pueda regresar al cabo de dos o tres días.

Julianne asintió. Ella también tenía muchas cosas de las que ocuparse.

–Yo igual. Tengo que cerrar la venta de la casa. La mayoría de mis cosas están ya empaquetadas. Pondré lo que pueda en un guardamuebles y me traeré el resto aquí.

–¿Y cómo vas a meter todas tus cosas en ese minúsculo deportivo que tienes? –le preguntó Heath.

–Mi Camaro es más grande que tu Porsche –replicó ella.

–Sí, pero yo no tengo que traer un montón de esculturas y de herramientas. ¿Y el horno?

–Lo voy a vender allí –respondió Julianne–. Quería comprarme uno nuevo de todos modos y ya haré que me lo traigan aquí.

Heath frunció el ceño y se cruzó de brazos con gesto irritado. Ella trató de no fijarse en el modo en el que la tela de la camiseta se le tensaba sobre el torso cuando se movía, pero no podía evitarlo. Siguió la línea del cuello de la camiseta para subir por la incipiente barba que ya le manchaba la mandíbula. Entonces, se detuvo en seco al ver que él la estaba observando con una sonrisa en los labios. La había pillado. Rápidamente, Julianne centró su atención en la taza de café y se maldijo en silencio.

—Necesitas una empresa de mudanzas. Y un camión. Yo te lo puedo conseguir.

—No hace falta —replicó ella—. Tal vez necesite un camión, pero no que tú me lo pagues. Soy capaz de ocuparme de todo eso sola.

—¿Y por qué no…?

—Ya lo hablaremos más tarde —le interrumpió ella. No pensaba discutir con Heath delante de su madre. La miró y vio que ella se estaba tomando el café mientras examinaba el correo.

De repente, Molly dejó las cartas y se puso en pie.

—Voy a darme una ducha —anunció. Con eso, se marchó de la cocina y los dejó a los dos solos.

Heath se sentó en la silla que había dejado vacía su madre con un bol de cereal en una mano y una taza de café en la otra.

—Ya es más tarde —dijo.

—El hecho de que tú me pagues la mudanza tiene un aspecto sospechoso —se quejó ella. Así era.

Julianne ganaba bastante dinero. No necesitaba que nadie le echara una mano.

–No pensaba pagar nada. Mi agencia lleva la cuenta de Movers Express. El director me debe un favor. Solo tengo que hacer una llamada. ¿Y por qué iba a ser sospechoso? Si Wade o Xander te ofrecieran lo mismo, lo aceptarías sin dudarlo.

–Porque comprendo sus motivos.

Heath la miró sorprendido.

–¿Y cuáles son mis motivos, Jules? ¿Crees que voy a exigir mis derechos como esposo a cambio? ¿Sexo por un camión de mudanzas? Debería haberlo pensado antes –comentó él con una pícara sonrisa–. He visto cómo me mirabas hace unos segundos. No es demasiado tarde, Jules…

El deseo que había en su mirada le caldeó inmediatamente la sangre a Julianne. Deseó que no tuviera ese poder sobre ella.

–Claro que lo es –repuso ella mirando la taza de café–. Es demasiado tarde…

–En ese caso, supongo que tan solo estoy tratando de ser amable.

Esas palabras hicieron que la negativa de Julianne por aceptar su oferta resultara infantil.

–Por supuesto –dijo.

A Julianne le daba la sensación de que la olla a presión que habían mantenido sellada durante tanto tiempo estaba a punto de estallar.

Capítulo Tres

La operación de Ken fue perfectamente. Se pasó veinticuatro horas en la UCI y luego le trasladaron a planta. Cuando le retiraron la respiración asistida y pudo hablar, Ken exigió que todos se marcharan a sus casas y que dejaran de revolotear a su alrededor como si estuviera en el lecho de muerte.

Por eso, Brody y Samantha, su prometida, regresaron a Boston. Cuando Ken tuvo su ataque, Xander estaba en Cornwall para realizar la mudanza de su hijo de diez años y de Rose, su prometida, a Washington para vivir con él, y se fue para reunirse con ellos. Wade y Tori vivían cerca, por lo que accedieron a ocuparse de la granja mientras Heath y Julianne se marchaban para organizarlo todo antes de trasladarse por unos meses allí.

Heath se ofreció a llevar a Julianne a su casa para ayudarla con la mudanza, pero, por supuesto, ella declinó la oferta. Él no sabía si Julianne simplemente no confiaba en él o si se sentía demasiado culpable para aceptar algo que él le ofreciera.

Al llegar a Manhattan, llamó a su socio y le pidió que se reuniera con él en su casa para poder repasar todos los detalles mientras hacía las maletas. Acababa de cerrar la maleta cuando oyó que sonaba el telefonillo. Abrió la puerta a Nolan, su socio, y esperó a que él saliera del ascensor.

–Hola, tío. Gracias por venir.

Nolan sonrió y se enderezó la corbata.

–¿Cómo está tu padre?

Heath lo animó a entrar y cerró la puerta.

–Está estable. Creo que va a salir bien de todo esto, pero, como te dije antes, voy a tener que ausentarme unos meses mientras se recupera.

–Es totalmente comprensible. Creo que por aquí todo irá perfectamente. La única cuenta que me preocupa estando tú ausente es J´Adore.

Heath fue al frigorífico y sacó dos botellas de agua con gas. Las abrió y le entregó una a Nolan.

–¿La de los cosméticos? ¿Por qué?

–Bueno –dijo Nolan encogiéndose de hombros–, tiene más que ver con la preferencia de la dueña por *monsieur* Langston.

–Ah –replicó Heath. Ya lo comprendía. La empresa de cosméticos francesa era una cuenta estupenda. Ellos habían ayudado a J´Adore a entrar en el mercado estadounidense de los cosméticos el año anterior. Gracias a la campaña de marketing, J´Adore era el producto nuevo más de moda para los ricos. El único problema era la dueña, *madame* Cecilia Badeau. Tenía casi sesenta años, era rica y excéntrica y tenía puesto el punto de mira en Heath. Durante un tiempo, a él le preocupó que pudieran perder la cuenta si él no se mostraba… accesible.

–Gracias a Dios que eres un hombre casado, tío –dijo Nolan mientras se sentaba en el elegante sofá blanco.

Efectivamente. Era la primera vez que se alegraba de tener un estúpido trozo de papel que lo vinculara legalmente a Julianne. Para no ofender a *madame* Badeau, Heath tuvo que decirle que estaba casado. Le sorprendió mucho a la francesa, igual que a Nolan, que estaba presente en aquel momento. Eran las únicas dos personas que sabían que Julianne y él estaban casados. Le explicó que Julianne viajaba mucho por su trabajo y, siempre que le preguntaba por ella, le decía que estaba fuera de la ciudad. *Madame* Badeau cedió inmediatamente, pero siguió insistiendo en que Heath se ocupara personalmente de su cuenta.

–Creo que comprenderá que me he tomado unos meses de excedencia.

Nolan lo miró y frunció el ceño con incredulidad.

–Lo espero sinceramente, pero no te sorprendas si tengo que llamarte.

–Después de un mes en la granja, puede que esté encantado de responder.

–¿Vas a ocuparte tú solo de todo?

–No. Julianne va a regresar también durante un tiempo –respondió mientras se sentaba al otro lado del sofá.

Nolan tuvo que escupir el trago de agua que se acababa de tomar para no atragantarse.

–¿Julianne? ¿Julianne, tu esposa?

Heath suspiró.

–Técnicamente sí, pero te aseguro que no significa nada. Ya sabes que te he contado que ni siquiera nos hemos acostado juntos.

–Sigo sin comprender lo que hiciste para estropear un matrimonio a las pocas horas.

Heath se había preguntado lo mismo mil veces. Acababa de conseguir el sueño de su vida casándose con su adorada Julianne y, poco después, se encontró con ella llorando como una histérica y gritando para que él dejara de tocarla. Cuando la soltó, ella echó a correr al cuarto de baño y no salió hasta dos horas después.

–No lo sé. Ella jamás me lo dijo. Parecía feliz. Era la novia perfecta y respondía físicamente ante mí. Todo iba bien hasta que, de repente, dejó de hacerlo. Lo único que me repetía una y otra vez era que lo sentía. Pensaba que podía estar conmigo, pero le resultaba imposible.

–¿Era virgen? La primera vez que estuve con mi novia del instituto ella se puso muy nerviosa.

–Eso fue lo que pensé yo. Jamás se lo pregunté. No hacía más que pensar que ella cambiaría de opinión, pero no fue así.

–¿Y cuando regresasteis a casa?

–Yo trataba de no presionarla. Ella me pidió que no le dijera a nadie lo del matrimonio y yo accedí. Pensaba que necesitaba tiempo y nos quedaban aún unas pocas semanas antes de que los dos regresásemos a nuestros estudios. Una mañana, regresé de los campos y vi que su coche ya no estaba.

Se había marchado temprano para ir a Chicago y ni siquiera se despidió de mí.

–¿Y qué hiciste tú?

–La seguí hasta allí. Ella ni siquiera me dejó que entrara en su dormitorio de la residencia. Me dijo que haberse casado conmigo había sido un error. Que se sentía avergonzada y que no podía soportar decirle nada a nadie de lo ocurrido. Entonces, me dijo que me marchara a mi casa y que me olvidara de todo.

–¿Crees que hay más de lo que te contó?

–Unos días sí, otro no. Lo que sí creo es que se avergonzaba de decirle a la gente que se había casado conmigo. En especial a nuestros padres. Ella siempre se había mostrado demasiado preocupada por lo que pensara la gente. Jules tenía que contar con la aprobación de Molly y de Ken para todo. Tal vez le pareció que no la conseguiría por nuestro matrimonio.

–¿O?

Esa era la gran pregunta. Si le había preocupado tanto que sus padres descubrieran lo ocurrido, ella no se habría casado con él o le habría entrado el pánico al regresar a casa y tener que decírselo. Sin embargo, el pánico le había entrado en la noche de bodas, sin previo aviso para que su esposo de dieciocho años pudiera estar prevenido. Se habían besado y acariciado como lo habían hecho los días de antes de la boda y, cuando se quitaron la ropa, todo cambió. El miedo se reflejó en los ojos de Julianne. Terror verdadero. Y eso que él apenas la había tocado, y mucho menos le había hecho daño. Había tenido once años para revivir aquella noche una y otra vez sin poder llegar a averiguar qué era lo que había hecho mal.

–No tengo ni idea. Solo sé que, sea lo que sea lo que le preocupa, no quiere hablar de ello.

–Entonces, ¿por qué seguís los dos casados? No sigues enamorado de ella, ¿verdad, Heath?

–No –le aseguró Heath–. Ese amor de juventud murió hace mucho tiempo, pero el asunto es más complicado que todo eso.

–Explícamelo.

–Al principio, pensé que ella cambiaría de opinión. Acabábamos de romper, pero yo estaba seguro de que ella se daría cuenta de que su reacción era exagerada sobre lo del tema del sexo y que, después de estar alejada por un tiempo, me echaría de menos y decidiría que estaba verdaderamente enamorada de mí –suspiró. Recordó las noches que se había pasado tumbado en la cama, fantaseando con ella–. Sin embargo, no fue así. Ella se limitó a fingir que no había ocurrido nada entre nosotros y esperó que yo hiciera lo mismo. Y seguía sin hablarme.

–En ese caso, divórciate de ella –le sugirió Nolan–. Acaba con este asunto.

Heath negó con la cabeza.

–Sé que es lo que debería hacer, pero no voy a ponérselo tan fácil. Ha llegado el momento de terminar con lo que hay entre nosotros, pero ella me dejó a mí. Voy a obligarla a terminar el trabajo.

Nolan no parecía muy convencido.

–Pues hasta ahora no te ha ido demasiado bien esa estrategia.

–Creo que tan solo necesita un pequeño incentivo, algo que la empuje a dar el paso.

–¿Qué tienes en mente?

Heath recordó cómo se le habían sonrojado a Julianne las mejillas y cómo le había costado hablar cuando lo vio a él con el torso desnudo. Aquella era la clave.

–Voy a regresar a la casa y ayudar a Jules a crear allí su nuevo estudio. Haré todo lo que tenga que hacer en la granja, pero no voy a fingir que no ocurrió nada entre nosotros. No voy a cruzarme de brazos e ignorar el hecho de que aún nos atraemos el uno al otro.

–¿Te sigue gustando? Después de todo lo ocurrido, me parece algo retorcido, tío.

Heath se encogió de hombros.

–No puedo evitarlo. Ella es ahora más hermosa incluso de lo que lo era entonces. Siempre me he sentido atraído por ella y, si ella fuera sincera consigo misma, tendría que admitir que aún siente algo por mí también. Voy a intentar utilizar ese hecho a mi favor. El sexo siempre ha sido nuestro problema, por lo que voy a presionarla por ahí. Haré que se sienta tan incómoda que esté encantada de presentar el divorcio para poder olvidarse de todo esto. Cuando regrese a Nueva York, espero ser un hombre libre.

Nolan asintió lentamente.

–Y eso es lo que quieres, ¿no?

Heath no estaba muy seguro de lo que su socio quería decir con eso. Por supuesto que deseaba que todo aquello terminara. Y así sería. Julianne no se permitiría influir por las insinuaciones sexuales de Heath. Echaría a correr, como siempre, y él podría por fin seguir con su vida. No podía esperar conseguir algo de Julianne solo porque se siguiera sintiendo atraído por ella.

–Por supuesto –afirmó con una amplia sonrisa mientras pensaba en todas las maneras en las que podría torturar a su esposa a lo largo de las próximas semanas. Cuando todo estuviera hecho y dicho, él conseguiría su divorcio y, por fin, los dos podrían seguir con sus vidas.

Cuando Julianne llegó con su pequeña furgoneta, no había nadie. No iba a admitirlo, pero Heath tenía razón. Necesitaba ayuda para hacer la mudanza. Había mucho más de lo que podía meter en su coche, por lo que al final decidió alquilar una furgoneta y llevar a remolque su Camaro hasta la granja de sus padres.

Aparcó detrás del granero, donde no estorbaría hasta que pudiera descargarlo todo. Sus cosas personales y su ropa irían a su dormitorio, pero todo lo relacionado con el estudio tendría que esperar. Había ido a ver el almacén que le indicó su madre y le llevaría tiempo limpiarlo.

Abrió la puerta del almacén para echarle un vistazo. Palpó la pared para ver si podía encontrar el interruptor de la luz. Se encendieron un par de fluorescentes que iluminaron polvorientas estanterías y cajas de cartón que ocupaban casi todo el espacio. Molly tenía razón. Con un poco de esfuerzo, sería el lugar de trabajo perfecto para ella.

Salió y agarró la maleta y una bolsa de viaje y las subió lentamente por las escaleras. Al llegar al rellano, se detuvo. Miró las puertas de los dos dormitorios. No estaba segura de cuál utilizar. Nunca había dormido en el granero dado que siempre que regresaba a la granja lo hacía en su dormitorio de siempre. Sin embargo, ese no iba a estar disponible al menos hasta que su padre pudiera subir escaleras. Agarró el pomo de la que estaba a su izquierda y lo hizo girar. La puerta se abrió con un sonoro crujido.

Era una habitación grande y agradable. Cuando eran niños, las habitaciones habían estado equipadas con literas que permitían a los Eden acoger a ocho niños a la vez. Wade, Brody, Xander y Heath se quedaron en la granja hasta que se hicieron mayores, pero hubo una docena de otros chicos que iban y venían durante periodos de tiempo cortos hasta que sus situaciones familiares se arreglaban.

Julianne se sintió aliviada al ver que las literas habían sido reemplazadas por dos camas grandes, con colchas a juego y una mesilla de noche entre ambas. Una cómoda ocupaba la pared opuesta. Se fijó que el armario estaba un poco abierto y que había una maleta abierta en su interior. Además, salía luz por debajo de la puerta del cuarto de baño. Heath había regresado. No había visto su coche.

Antes de que pudiera darse la vuelta, la puerta del cuarto de baño se abrió y salió Heath. Tenía el cabello húmedo y peinado hacia atrás y el rostro sonrosado y suave, lo que indicaba que terminaba de afeitarse. El torso amplio y musculoso que había visto días antes resultaba impresionante, con los músculos bien dibujados y cubiertos por un vello oscuro. Por suerte, tenía una toalla enrollada alrededor de la cintura.

En el pasado, ver a su esposo desnudo le había provocado un ataque de pánico total. Los sentimientos confusos y el miedo habían acabado con la excitación que ella pudiera haber sentido. Tras once años y muchas sesiones de terapia, sentía tan solo un profundo deseo al contemplarle.

Heath no se sorprendió por su aparición. De hecho, la mirada que ella le dedicó lo envalentonó aún más. Arqueó una ceja y luego sonrió del modo en el que siempre parecía hacerlo cuando ella se sentía incómoda.

—Tenemos que dejar de encontrarnos de este modo.

Ella se sonrojó con una mezcla de reparo y de excitación. Sabía que Heath se había percatado, por lo que el rubor se hizo aún más carmesí.

—Lo siento —dijo Julianne mientras se dirigía hacia la puerta y trataba de no mirarlo—. Aparqué la furgoneta de la mudanza en la parte de atrás y no me había dado cuenta de que estabas aquí. Estaba tratando de decidir qué habitación usar.

–Si quieres puedes utilizar esta –repuso Heath mientras se sentaba en una de las camas y comenzaba a saltar sobre ella para probar el colchón–. Sería interesante…

–No, no. La otra habitación estará bien.

Las manos le temblaban mientras agarraba el equipaje y se lo llevaba a la habitación de enfrente. Cuando abrió la puerta, descubrió que era exactamente igual que la otra. Mejor, si cabe, dado que en ella no estaba medio desnudo su arrogante marido.

Se puso a colgar su ropa en el armario y a guardar la ropa interior en la cómoda. Así consiguió aliviar los pensamientos sexuales y el deseo que le palpitaba en las venas.

Estaba terminando de colocar sus cosas en el cuarto de baño cuando se dio la vuelta y se encontró a Heath, completamente vestido, en el umbral de la puerta.

–¿Necesitas ayuda para meter más cosas?

–Esta noche no. Tal vez mañana podamos empezar a limpiar el almacén para que yo pueda meter el resto de mis cosas allí. No tiene ningún sentido apilarlas en el recibidor. Además, no tengo que devolver la furgoneta hasta dentro de unos días.

–Está bien –replicó él. Pero no se movió.

Julianne permaneció de pie, esperando que él

hablara o que hiciera algo, pero Heath se limitó a apoyarse contra el umbral de la puerta, estudiándola con su mirada castaña. Una sonrisa le fruncía los labios. Julianne no tenía ni idea de lo que él estaba pensando, pero la enervaba que la mirara de aquel modo.

Por fin, se volvió para seguir guardando sus cosas y trató de fingir que él no estaba inspeccionando todos sus movimientos. Había algo en el modo en el que él la observaba que le hacía consciente de su propio cuerpo. Ocurría todas las veces. Él no tenía que decir ni una sola palabra, pero conseguía que a Julianne se le pusiera el vello de punta y que el corazón comenzara a latirle con fuerza en el pecho.

Luego venía el calor. Lo que comenzaba como una ligera sensación de calidez en las mejillas se le extendía por todo el cuerpo. Las gotas de sudor le humedecían la piel en la nuca y entre los senos. Y en lo profundo de su vientre un ardiente calor se iba haciendo más y más fuerte.

Todo con solo una mirada. Ella trataba desesperadamente de ignorarle porque sabía lo rápidamente que aquellas sensaciones se transformarían en un descarado deseo, en especial si él la tocaba. Once años atrás, ella estaba demasiado asustada como para hacer algo con sus sentimientos, pero había mejorado mucho. Ya no había nada que se lo impidiera. No sabía si Heath seguía deseándola o no, pero parecía encantado de seguir con la misma actitud. ¿Cómo iba a poder pasar los meses que la aguardaban con él tan cerca, sin familia o hermanos que los distrajeran?

–Me sorprende que te alojes en el granero –dijo él por fin.

–¿Por qué? –preguntó Julianne sin volverse para mirarlo. Se limitó a meter la bolsa de viaje vacía en la maleta y cerrarla.

–Bueno, creía que preferirías alojarte tan lejos de mí como te fuera posible, aunque esto podría darte la oportunidad de dejarte llevar por tus deseos secretos sin que nadie lo sepa. Tal vez por fin estés dispuesta a terminar lo que empezamos.

Julianne se volvió a mirarlo con las manos en las caderas. Esperaba que si mostraba indignación lograría enmascarar lo cerca de la verdad que él estaba.

–¿Dejarme llevar por mis deseos secretos? ¿De verdad, Heath?

Él se metió las manos en los bolsillos y dio unos pasos hacia el interior de la habitación.

–¿Por qué si no te ibas a alojar aquí? Estoy segura de que tu habitación en la casa grande es mucho más bonita.

–Lo es, pero papá va a regresar muy pronto a casa y no habrá sitio para mí allí. Además, estar aquí me hace sentir más independiente y tengo el estudio abajo. Por último, así molestaré menos a papá y a mamá.

–Sí. Puedes irte tarde a la cama y hacer todo el ruido que quieras. Si quisieras podrías gritar hasta que se cayeran las paredes.

Julianne apretó los puños.

–Deja de darle un sentido sexual a todo lo que digo. Sí, efectivamente voy a alojarme aquí contigo, pero te aseguro que si tuviera alternativa la aceptaría con gusto.

Heath soltó una carcajada, lo que demostraba que no se creía ni una sola palabra de lo que ella estaba diciendo.

–Eres un chulo arrogante –observó ella–. Te aseguro que no quiero acostarme contigo, Heath.

–Eso es lo que dices, pero te conozco mejor de lo que quieres pensar, Jules. Reconozco la mirada que tienes en los ojos. El rubor que te tiñe las mejillas. El rápido movimiento del pecho cuando respiras. Estás tratando de convencerte de que no me deseas, pero los dos sabemos que odias dejar las cosas sin terminar. Y lo nuestro está ciertamente inacabado.

Heath tenía razón. Julianne no podía dejar flecos sueltos en nada. Tenía que finalizar todo lo que empezaba. En lo único en lo que no había podido era en lo de ser esposa. Otra razón más para mantener oculta su relación.

–¿Eras así de arrogante cuando nos fuimos de viaje? –le preguntó ella–. No creo que hubiera podido enamorarme de alguien con un ego tan grande.

–No, no era tan arrogante. Era joven e ingenuo y estaba desesperadamente enamorado de una chica que creía que me correspondía.

–Heath, yo…

–No, por favor… –la interrumpió él. Entonces, dio otro paso al frente, obligando a Julianne a dar un paso atrás hasta que los tiradores de la cómoda se le clavaron en el trasero–. No digas lo que vas a decir porque tú y yo sabemos que es una pérdida de aliento. No me digas que estabas confusa y asustada sobre tus sentimientos hacia mí porque sabías exactamente lo que estabas haciendo. No te molestes en decirme que fue tan solo un error de juventud, porque es un error que te niegas a corregir. Me pregunto por qué…

Julianne se sentía atrapada entre la cómoda y Heath. Incapaz de escapar, los ojos se le prendieron en la sensual curva de la boca de él. No quería escuchar lo que él estaba diciendo, pero disfrutaría observando cómo lo decía. Heath tenía una boca muy hermosa, una boca con la que había fantaseado en secreto mucho antes de que se marcharan a Europa y mucho después de que regresaran.

–Tal vez –añadió él– es porque aún no estás dispuesta a dejarme marchar.

Todo era demasiado complicado. Julianne llevaba años peleándose con sus sentimientos. Deseaba a Heath, pero el precio que tenía que pagar por tenerlo era demasiado alto para ambos. Sin embargo, renunciar a él sería dejar escapar lo mejor que le había ocurrido en toda su vida.

–Heath, yo…

–Puedes mentirle a todo el mundo, incluso a ti misma, pero no me puedes mentir a mí, Jules. Por la razón que fuera, el momento no era el idóneo entonces. Tal vez éramos demasiado jóvenes, pero ya no es así. Tú me deseas y yo te deseo a ti. No es ni malo ni bueno. Ni blanco o negro. Es tan solo un hecho.

Los labios de Heath estaban a un susurro de los de ella. La boca de Julianne se quedó seca al escuchar unas palabras tan sinceras expresadas con una voz tan sensual. Ella no podía responder. Casi no podía pensar con Heath tan cerca de su cuerpo, de su aliento, del aroma que desprendía su cuerpo perfumado.

Él levantó una mano para acariciarle la mejilla.

—Es hora de que decidas lo que vas a hacer al respecto.

—¿Lo que voy a hacer al respecto? —preguntó ella frunciendo el ceño.

—Sí. Es bastante sencillo, Jules. O admites que me deseas y te entregas libremente y con entusiasmo a tu esposo o… presentas el divorcio.

—¿Por qué no puede esperar todo esto a que los dos hayamos regresado a Nueva York y podamos preparar el papeleo en privado? ¿No te parece que ya tenemos más que suficiente en estos momentos? En realidad, no me interesa ninguna de tus dos opciones.

Heath sonrió.

—Lo estarás, Jules. Ya no habrá más evasivas. Los dos hemos vivido el tiempo suficiente en Nueva York como para habernos ocupado ya de esto en privado, si eso era lo que de verdad querías. Si no eliges, yo tomaré la decisión por ti. Iré a Frank.

Frank Hartman era el abogado de la familia y el único que había en Cornwall. Aunque Heath no dijera nada, Julianne sabía que sus padres se enterarían de lo de su matrimonio si él se ocupaba del divorcio. Eso ocasionaría demasiadas preguntas.

–Tu secretillo quedaría al descubierto con toda seguridad. Me aseguraré de que todo el mundo se entere de nuestro divorcio –susurró él. Sus labios prácticamente rozaban los de ella al hablar. Entonces, se echó a reír y dio un paso atrás, permitiendo por fin que Julianne pudiera respirar–. Piénsalo –añadió, antes de darse la vuelta y salir del dormitorio.

Capítulo Cuatro

A la mañana siguiente, Heath bajó las escaleras después de vestirse. Había olido el aroma del café. Aquella mañana se había despertado bastante tarde, después de permanecer tumbado en la cama durante horas pensando en Julianne.

Lo que más le preocupaba, lo que le había impedido dormir hasta altas horas de la madrugada, era la mirada que se le había reflejado en los ojos cuando estuvo a punto de besarla. Ella lo deseaba. Se había relamido los labios y no había podido apartar la mirada de los labios de Heath. Lo había observado con una intensidad que él no había visto antes. No dejaba de preguntarse qué habría hecho ella si la hubiera besado...

No había vuelto a besar a Julianne desde su noche de bodas. Heath jamás se imaginó que aquella sería la última vez que besaría a su esposa.

Entró en la cocina con la vista puesta en la cafetera. Se sirvió una taza y se volvió justo a tiempo para ver cómo Julianne entraba en la cocina con una enorme caja en los brazos.

A pesar del fresco día de octubre que hacía en el exterior, ella llevaba una fina camiseta y unos vaqueros reconvertidos en pantalones cortos. Llevaba el cabello recogido en lo alto de la cabeza, pero algunos mechones húmedos por el sudor se le habían pegado al cuello.

Heath tuvo que contenerse para no escupir el café por la sorpresa que le produjo verla. Tenía una espléndida figura. La muchacha con la que se había casado era eso, tan solo una niña. Y además, muy poco femenina. Era tan delgada que a Heath le preocupaba que pudiera romperse cuando él le hiciera por fin el amor. Sin embargo, lo que veía en aquellos momentos distaba mucho de lo que había sentido la última vez que acarició aquel cuerpo. Julianne rellenaba los vaqueros a la perfección y la camiseta dejaba muy poco a la imaginación.

–¿Qué?

La voz de Julianne lo sacó de sus pensamientos. Heath la estaba mirando fijamente y ella le había sorprendido.

–Se suponía que yo tenía que ayudarte con eso –añadió Heath.

Julianne se volvió para mirarlo mientras se limpiaba las manos en la parte trasera de los pantalones.

–No podía dormir –dijo ella mientras entraba en el almacén. Un instante después, salía con otra caja, igual de sucia y polvorienta que las anteriores–. Además, tú no te habías levantado.

–Ahora ya sí.

–Bien. En ese caso puedes empezar a ayudar

cuando te apetezca –comentó tras dejarla junto a las demás.

–Buenos días para ti también –gruñó él.

Se terminó de tomar el café de un trago y tras dejar la taza en el fregadero se dirigió al almacén. Al entrar, miró a su alrededor. Vio una vieja pelota de baloncesto en una de las cajas y la sacó.

–Me gustaría vaciar primero el almacén para limpiarlo y meter mis cosas antes de que tenga que devolver la furgoneta. Luego podremos ocuparnos de lo que hemos sacado –dijo Julianne.

–Me parece bien –dijo él. Arrojó la pelota de nuevo en la caja y luego la levantó.

Estuvieron trabajando en silencio una hora. Heath había esperado que después de lo que él le había dicho la noche anterior, Julianne reaccionara de algún modo, pero no fue así y él no la presionó.

Cuando por fin el almacén quedó vacío, se pusieron a barrer el suelo y a limpiar el polvo y las telas de araña que se habían ido acumulando a lo largo de los años. Heath no podía evitar mirar a Julianne de vez en cuando. Ella se inclinaba a veces, dedicándole una visión privilegiada de sus firmes muslos y redondeado trasero. El sudor le empapaba la camiseta y se la pegaba contra la piel. Heath no supo si era el duro trabajo, pero no tardó mucho en sentirse muy acalorado. Mientras limpiaban, tuvo que quitarse su propia camiseta y arrojarla sobre la mesa de la cocina. Volvió de nuevo a trabajar y se puso manos a la obra sin prestar aten ción a nada hasta que se dio cuenta de que Julianne no se movía. Ella estaba observándolo atentamente.

–¿Ocurre algo, Jules? –le preguntó al ver que ella se había cruzado de brazos.

–¿Vas normalmente medio desnudo por ahí o lo haces solo porque yo estoy presente?

–¿Cómo dices? –replicó. Se miró el torso desnudo y trató de decidir qué tenía de ofensivo–. No, por supuesto que no voy por ahí medio desnudo, pero tampoco suelo hacer un trabajo que requiere esfuerzo físico y que me ensucia. No se suda mucho con la publicidad.

–Pues me parece que cada vez que me doy la vuelta estás sin camiseta.

–¿Te estás quejando o estás haciendo una observación agradable?

Julianne se plantó las manos en las caderas y le respondió sin pronunciar palabra.

–Bueno, para ser justos, he de decir que te has presentado dos veces en mi dormitorio y que me has pillado por eso medio desnudo. No es culpa mía. Es como quejarse porque me meto desnudo en la ducha. Tal y como lo dices, parece que me paseo por ahí como un bailarín de *striptease* o algo así –comentó, levantando los brazos y meneando las caderas.

Julianne se llevó la mano a la boca para ahogar una carcajada mientras él bailaba.

–¡Para! –le gritó por fin al tiempo que le tiraba un trapo para el polvo.

Heath lo atrapó y dio por terminada la actuación.

–Tienes suerte de que me haya dejado los pantalones de velcro en Manhattan.

Ella sacudió la cabeza y sonrió de mala gana. Entonces, se volvió a lo que estaba limpiando. No tardaron mucho más tiempo en terminar. Tras recoger cepillos y trapos, volvieron al almacén para mirar a su alrededor.

–Es un buen espacio –dijo Julianne mientras examinaba el almacén–. Creo que será un estudio perfecto.

–¿Crees que es lo suficientemente grande para todas tus cosas?

–Creo que sí. Si pongo el horno nuevo aquí, la mesa encajará ahí. Puedo utilizar esa estantería para poner las piezas y el torno puede ir aquí –dijo señalando el espacio que había debajo de la ventana–. Y este viejo armario servirá para almacenar mis herramientas y mis materiales.

–¿Descargamos la furgoneta entonces?

–Tal vez esta tarde. Estoy agotada. En estos momentos, lo único que quiero hacer es darme una ducha y comer un poco.

–Probablemente yo haga lo mismo. Procede con cautela…

–¿Con cautela? –le preguntó ella con preocupación.

–Sí. Estaré desnudo ahí arriba. Y mojado –añadió con una sonrisa–. Que conste que te he advertido…

57

Julianne estaba segura de que aquellos iban a ser los meses más largos de la historia. Se dio rápidamente la ducha y se sentó en la cama para secarse el cabello. Oía el agua corriendo en el cuarto de baño de Heath. Estaba desnudo y mojado a pocos metros de ella. Sin embargo, no pensaba ceder. No quería darle la satisfacción de saber que le gustaba mirarlo. Y así era. Heath tenía un hermoso cuerpo, pero ya había visto todo lo que tenía que ver mientras trabajaban en el almacén.

Aquello había sido más que suficiente para desatarle la libido y no debería sentirse así. Hacía poco más de un mes desde que Danny se había marchado. Además, era perfectamente capaz de contener sus impulsos. Sin embargo, de algún modo, la combinación de los ojos de Heath, de su sonrisa y de su masculino cuerpo le hacían perder el control.

Julianne suspiró. Resultaba extraño que el acto que debía haberlos unido para siempre había sido lo que les había terminado separando. Resultaba fácil olvidarse de lo que sentía por Heath cuando estaban separados, pero ya no era así.

Ese pensamiento fue suficiente para obligarla a abandonar la habitación y bajar a la cocina para buscar algo que comer. Era un hábito muy malo, pero la ansiedad la obligaba a hacerlo. Había empezado después de que Tommy la atacara y, tras eso, se había convertido en una batalla constante para ella. El psicólogo la había ayudado a reconocer el problema y a parar cuando empezaba así.

En lo alto de la escalera, Julianne se detuvo. Oía la voz de Heath, que provenía de la cocina. Al principio, le pareció que estaba hablando con ella y se dispuso a bajar, pero se detuvo en seco al darse cuenta de que estaba hablando por teléfono.

–Hola, cielo...

¿Cielo? Julianne subió un escalón para que él no la viera. ¿Con quién estaba hablando? Sintió un profundo dolor en el estómago. Él no había mencionado que estuviera saliendo con nadie, pero seguramente esa era la causa de que deseara divorciarse.

–Mmm... yo también te echo de menos –susurró–. Sé que es duro, pero volveré muy pronto...

Hablaba en un tono de voz que ella no estaba acostumbrada a escucharle, un tono íntimo y suave. Inmediatamente, Julianne se vio cegada por los celos. Era ridículo. Habían acordado que no había nada entre ellos. Los dos eran libres para estar con otras personas. Ella había estado viviendo con Danny un año y medio, así que no tenía razón para quejarse.

–Ya sabes que tengo que ocuparme de algunas cosas aquí, pero míralo por el lado bueno. Cuando todo esto termine y yo regrese, podremos tomarnos esas vacaciones en el Caribe que tanto tiempo llevas soñando. Sin embargo, tienes que ser paciente.

–Aguanta un poco –susurró Julianne para sí con tono burlón–. Tengo que deshacerme de mi esposa para que podamos ir a retozar a la playa…

Y pensar que él se había estado comportando como si quisiera algo más entre ellos. Cuando se apretó contra ella, Julianne había estado segura de que él aún la deseaba, al menos a corto plazo. Aparentemente, tenía planes a largo plazo con otra persona.

–Está bien. Te volveré a llamar muy pronto. Adiós, cariño.

Julianne se tragó su irritación y comenzó a bajar la escalera pisando muy fuerte. Cuando se volvió hacia la cocina, vio que Heath estaba apoyado en la encimera con gesto casual, con el teléfono móvil en la mano y mirándola con curiosidad. Se había puesto un par de vaqueros muy ceñidos y una camisa verde musgo que le hacía juego con los ojos. Estaba muy guapo, centrado y, a juzgar por su mirada, divertido por la irritación que ella presentaba.

–¿Ocurre algo? –le preguntó.

–No –se apresuró ella a decir. Ciertamente no ocurría nada. Él podía hacer lo que quisiera. No era asunto suyo.

–Sé que estabas escuchando la conversación.

–En realidad no –dijo encogiéndose de hombros–, pero resultaba difícil ignorar tantas tonterías edulcoradas.

Heath sonrió.

–¿Qué te pasa, Jules? ¿Estás celosa?

–¿Y por qué iba yo a estar celosa? Estamos casados, pero eso en realidad no significa nada. Eres libre de hacer lo que quieras. Es decir, si hubiera querido, te podría haber tenido. Por tanto, como es evidente, no estoy celosa.

–No sé… Tal vez te estés empezando a arrepentir de tu decisión.

–En absoluto.

Ella dijo aquellas palabras demasiado rápido, demasiado forzadas. Vio que el dolor se reflejaba en los ojos de Heath. El sentimiento desapareció con celeridad y una sonrisa cubrió cualquier gesto que hubiera podido aparecer. Era su mecanismo de defensa.

–Pareces estar muy segura de tu decisión, considerando que aún no has pedido el divorcio después de tanto tiempo. ¿Estás segura de que quieres librarte de mí? El movimiento se demuestra andando.

–Completamente segura. Simplemente he estado demasiado ocupado forjando mi carrera como para preocuparme de algo que parece tan trivial después de todo este tiempo.

Heath apretó la mandíbula y consideró aquella afirmación durante un instante.

–Nunca hemos hablado al respecto, al menos no sin gritar. Dado que es tan trivial, ¿te importaría decirme qué lo estropeó? Llevo mucho tiempo esperando para saberlo.

Julianne cerró los ojos y suspiró.

–Preferiría no hacerlo. ¿Ahora qué importa?

–Me dejaste confuso y avergonzado en mi noche de bodas. ¿Sabes lo que supuso para mí quitarme la ropa delante de una chica por primera vez y ver que tú reaccionabas así? Eso destroza el ego de cualquier persona, Jules. Tal vez haya pasado más de una década, pero aún me duele.

Julianne se plantó las manos en las caderas y miró al suelo. No era el momento de sincerarse. No podía hacerlo.

–No tengo nada más que decirte que lo que ya te dije antes. Me di cuenta de que era un error. Siento no haberlo corregido hasta aquel momento tan inoportuno.

Heath frunció el ceño al escuchar aquellas palabras tan directas.

–Parecías estar contenta hasta entonces.

–Estábamos en Europa. Todo era romántico y emocionante y estábamos tan lejos de casa que me olvidé de todas las razones que hacían que fuera una mala idea. Cuando me enfrenté al… cuando me enfrenté al momento de la verdad, supe que no podía hacerlo. Sé que tú quieres una explicación larga y detallada y que crees que te estoy ocultando algo, pero no es así. Te he dicho lo que hay.

–Eres una mentirosa. Te conozco desde que tenías nueve años. Estás mintiendo. Lo sé. Lo único que no sé es sobre lo que mientes –dijo Heath. Se metió las manos en los bolsillos y se acercó a ella–. Sin embargo, tal vez lo esté pensando demasiado. Tal vez la verdad del asunto sea simplemente que eres una egoísta.

62

–¿Egoísta? ¿Estás diciendo que soy egoísta? –le espetó ella, tan dolida como si le hubiera dado una bofetada. Estaba mintiendo para protegerle. Le había dejado para que él pudiera encontrar a alguien que se mereciera su amor y resultaba que era una egoísta.

–Creo que sí. Ni comes ni dejas… Pero no tiene por qué ser así. Si me deseas, estoy aquí. Cómeme, por favor… –añadió con énfasis.

Julianne se quedó inmóvil, sin saber qué hacer o decir. Una parte de su cerebro la animaba a arrojarse entre los brazos de Heath y aceptar lo que él quisiera darle. Ya no era una adolescente asustada. Podía disfrutar de todo lo que le estaba vedado antes. La otra tenía miedo de adónde le llevaría eso. Tenía el número de su abogado en el móvil. ¿Por qué empezar algo que estaban a punto de terminar para siempre?

–Tal vez esto te ayude a decidirte…

Heath la agarró por la cintura y la estrechó contra su cuerpo. Julianne tuvo que colocarle las manos sobre los hombros para recuperar el equilibrio. El aroma de su piel recién duchada la rodeó por completo. Aquel asalto a sus sentidos hizo que la cabeza le diera vueltas y que la piel le vibrara de deseo.

Lo miró sorprendida, sin saber muy bien qué hacer. Los labios de Heath encontraron los suyos antes de que pudiera decidirse. Al principio, se vio abrumada por el modo tan posesivo en el que él la reclamó.

Parecía haber perdido el control y a ella le gustaba. Entre ellos había más de una década de tensión sexual contenida, de frustración y de ira que parecía verterse por los dedos de Heath para inundarle la piel a Julianne, sacándole gritos de placer y de dolor de la garganta.

Para igualar aquella ferocidad, Julianne se aferró al cuello de él. De repente, Heath se apartó. Julianne tuvo que aferrarse a la encimera para poder permanecer erguida. Él la miró de arriba abajo.

—Bueno, ¿qué va a ser, Jules? ¿Crees que no hay nada entre nosotros? Decídete.

Julianne aún estaba tratando de procesar todo lo que había ocurrido. Su cuerpo ansiaba que él volviera a tocarla. El hecho de que ella permaneciera indecisa hizo que Heath frunciera el ceño con desilusión.

—O haz lo que siempre has hecho —añadió él—. Nada en absoluto. Dices que no me deseas, pero tampoco quieres que nadie más me tenga. No puede ser así. Tienes que decidirte, Jules. Ya han pasado once años. O me deseas o no me deseas.

—No creo que lo nuestro sea buena idea —admitió ella por fin. Eso era cierto. No era buena idea, pero a su cuerpo no le importaba.

—Entonces, ¿a qué estás esperando? Termínalo antes de que hundas tu próxima relación, a menos que eso sea lo que te gusta.

—¿Lo que me gusta?

—Nuestro matrimonio es tu pequeña barrera contra el mundo. Has salido al menos con siete u ocho hombres que yo sepa y con ninguno de ellos has ido en serio. Sin embargo, así es como tú lo quieres. Mientras estés casada, no tienes que llevarlo al siguiente nivel.

–¿Acaso crees que me gusta fracasar? ¿Crees que quiero pasarme todas las Navidades aquí viendo cómo todo el mundo se acurruca con sus parejas mientras yo sigo sola?

–Creo que una parte de ti, sí. Tal vez te moleste estar sola, pero es mejor que hacerte vulnerable y sufrir por ello. Confía en mí. Sé lo que es que te desgarren el corazón. Estar solo ni siquiera se parece a esa clase de dolor. Estoy cansado de que me utilices, Jules. Toma una decisión.

–¡Está bien!

Julianne lo empujó y subió corriendo las escaleras para entrar en su habitación. Heath la había besado y la había insultado en menos de un minuto. Si pensaba que ella deseaba estar en secreto con él, estaba muy equivocado. Agarró su teléfono móvil y regresó a la cocina.

Por el camino, marcó el teléfono de su abogado.

–Hola, soy Julianne Eden –dijo mirando fijamente a Heath mientras hablaba–, ¿haría el favor de decirle al señor Winters que estoy dispuesta para presentar los papeles del divorcio? Sí, por favor. En cuanto pueda a mi segunda dirección, en Connecticut. Gracias.

–Si quieres el divorcio tan desesperadamente, estupendo. Considéralo hecho.

Capítulo Cinco

Se pasaron el resto de la tarde y la mayor parte del día siguiente trabajando. Cada uno se centró en su tarea. Ninguno quería abordar el tema de su discusión y comenzar otra pelea. Los papeles del divorcio llegarían en cualquier momento.

Estaban terminando de descargar lo último de la furgoneta de Julianne cuando Heath se dio cuenta de que el coche patrulla del sheriff Duke se acercaba a la casa.

Al ver los faros del coche, Julianne se quedó paralizada. Heath le entregó la caja que había tenido hasta entonces en las manos.

—Lleva esto al interior. No salgas a menos que yo vaya a buscarte.

Ella no discutió. Agarró la caja y desapareció por la puerta que conducía directamente al almacén. Heath cerró la puerta cuando ella entró en la casa y se dirigió para recibir al sheriff.

—Buenas tardes, Heath —dijo el sheriff tras bajarse del coche patrulla.

—Buenas tardes, sheriff —respondió Heath, estrechándole cortésmente la mano—. ¿Qué puedo hacer por usted?

Duke se quitó el sombrero.

–Vengo del hospital. Acabo de hablar con tus padres.

–¿Ha entrevistado usted a mi padre cuando está todavía en su cama de hospital convaleciente de una operación a corazón abierto? –replicó Heath muy enfadado–. ¿Después de que tuvo un ataque al corazón la última vez que habló con usted? ¿Ha tratado de detenerle también en esta ocasión?

–Su estado no es crítico –respondió Duke–. Relájate. Está bien. Lo estaba cuando llegué y cuando me marché. Los médicos dicen que va mucho mejor de lo que esperaban.

Heath respiró profundamente y se tranquilizó un poco.

–Supongo que no ha venido a informarme sobre el estado de salud de mi padre.

–No. Efectivamente no es esa la razón de mi visita –dijo Duke con una sonrisa–. ¿Te importa que nos sentemos en alguna parte?

–¿Necesito un abogado?

–No. Solo quiero hacerte algunas preguntas. Esta vez no eres sospechoso.

–En ese caso, prefiero estar de pie. ¿En qué puedo ayudarle?

–Está bien. En primer lugar, quiero que sepas que Ken y Molly ya no son sospechosos. Por fin he podido verificar su coartada con otras personas de la ciudad.

–Explíquese.

–Bueno, Ken siempre ha mantenido que estuvo

en la cama, enfermo de gripe, todo aquel día. He hablado con el médico de la familia y he hecho que saque los datos de sus archivos. Efectivamente, Ken acudió a la consulta el día de antes para ver al médico. El doctor me ha dicho que aquel año la gripe fue muy fuerte. La mayoría de la gente estuvo en la cama al menos dos días. No creo que Ken pudiera salir al bosque a enterrar un cadáver tal y como estaba.

—Estuvo enfermo. Muy enfermo. Ya se lo habíamos dicho antes.

—La gente me dice toda clase de cosas, Heath, pero eso no hace que sean ciertas. Tengo que corroborarlo todo. Hemos establecido que aquel día Ken estaba enfermo. ¿Qué efecto tuvo eso en la granja? Si Ken no trabajaba, ¿se tomaba todo el mundo el día libre?

—No. La vida de una granja no se detiene solo porque el jefe esté enfermo. Seguimos con nuestras tareas como de costumbre. Wade se hizo cargo de algunas de las cosas que solía hacer Ken. No es nada especial. Es lo que se suele hacer cuando alguien cae enfermo.

—¿Y Tommy?

—¿Qué pasa con Tommy?

—¿Qué estaba él haciendo aquel día?

Heath suspiró y trató de recordar.

—Hace mucho tiempo, sheriff, pero supongo que no estaba haciendo nada. Eso era lo que hacía la mayor parte de los días. Solía salir al bosque y hacer trastadas. Jamás le vi trabajar como se debe.

–He oído que se peleó con los otros chicos.

–Eso es porque era perezoso y violento. Tenía mal genio y, en más de una ocasión, lo pagaba con nosotros.

–Me apuesto algo a que tú no querías mucho a Tommy.

–No le quería nadie. Ya sabe usted en qué clase de cosas estaba metido.

–No puedo comentar nada al respecto. Ya sabes que sus expedientes de cuando era menor de edad están sellados.

–No necesito ver ningún expediente para saber lo que ha hecho. Viví con él. Tengo una cicatriz de cuando me empujó contra una estantería y me partió la ceja. Recuerdo también el ojo morado que tuvo Wade. Sé lo de los robos y las drogas y las peleas en el instituto. Mis recuerdos no se pueden sellar, sheriff.

Algunos días desearía que fuera así.

–¿Cuándo fue la última vez que viste a Tommy?

Se pasaba gran parte del tiempo tratando de no pensar en ello. La imagen de la mirada vacía y muerta de Tommy y el charco de sangre en la tierra era lo primero que se le vino a la mente antes de oír los gritos y encontrar a Julianne y a Tommy sobre el suelo.

–Fue después del instituto. Todos regresamos a casa. Molly nos trajo la comida al granero y nos dijo que Ken estaba enfermo en la cama. Terminamos de comer y cada uno se marchó a realizar sus tareas. Yo me marché a los campos del este.

–¿Viste a Tommy ir hacia el bosque aquel día?

–No. Tommy seguía sentado a la mesa cuando me marché, pero seguramente fue allí donde se marchó.

–¿Se comportó aquel día de un modo extraño?

–Sí. Estaba algo más callado que de costumbre. Más retraído. Me imaginé que había tenido un mal día en el instituto.

También había estado mirando a Julianne en silencio de un modo que a él no le había gustado, pero no iba a contarle eso a Duke. A pesar de lo que hubiera ocurrido entre los dos y el resultado de su matrimonio, eso no cambiaría. Había jurado mantener aquel secreto, protegerla por encima de todo lo demás y lo haría.

–¿Mencionó alguna vez que quisiera marcharse?

–Todos los días. No hacía más que hablar de las ganas que tenía de marcharse. Decía que éramos como un programa de televisión y que no nos podía soportar a ninguno. Siempre decía que cuando cumpliera los dieciocho se iba a largar de aquí. Tommy ni siquiera tenía interés por terminar sus estudios. Supongo que un diploma no tenía mucha importancia en la clase de trabajo que le gustaba. Cuando desapareció aquel día, siempre creí que había decidido que no podía esperar más. Se acercaba su cumpleaños.

Duke había sacado una libreta y estaba anotándolo todo.

–¿Qué te hizo pensar que había huido?

70

Aquello era con lo que tenía que andarse con pies de plomo.

–Bueno, Wade encontró una nota en su cama. Sus cosas no estaban en la habitación cuando miramos a la mañana siguiente.

La nota y el hecho de que no estuvieran sus pertenencias estaba bien documentado en el informe de personas desaparecidas. El hecho de que no se molestaran en comparar la escritura con la de ninguno de los otros chicos no era culpa de Heath.

–Todo parecía concordar –prosiguió–. Como Ken estaba enfermo, podría haber pensado que era el día más idóneo para decidirse a hacerlo.

Desgraciadamente, lo que se había decidido a hacer era otra cosa con Julianne cuando ella estaba a solas entre los árboles.

–¿Te habló alguna vez sobre sus amigos o sus planes?

Heath soltó una carcajada.

–Yo era un mocoso de trece años que no hacía más que entorpecerle. Tommy no confiaba en nadie, y mucho menos en mí.

–¿No hablaba con tus hermanos?

Heath se encogió de hombros.

–Tommy compartía habitación con Wade. Tal vez hablaba con él, pero no solía nunca hablar con ninguno de nosotros. Más que hablar, nos gritaba e insultaba, sobre todo a Brody, por lo que él le evitaba. A Xander le gustaba llevarse bien con todo el mundo, pero incluso él mantenía las distancias.

–¿Y con Julianne?

Heath tragó saliva. Era la primera vez que se mencionaba su nombre en la conversación y no le gustaba.

—¿Qué pasa con ella?

—¿Se relacionaba mucho con Tommy?

—No —dijo con demasiada energía. El sheriff lo miró con curiosidad—. Lo que quiero decir es que no había razón. Ella vivía en la casa grande y aún iba al colegio conmigo. Si hablaban, era solo de pasada o por cortesía por parte de Julianne.

Duke anotó algunas cosas. Heath deseó que lo que había dicho fuera cierto. Que Tommy no le había prestado atención alguna a Julianne. Sin embargo, por mucho que ella trataba de evitarle, Tommy siempre encontraba el modo de cruzarse con ella. Julianne sabía que él era peligroso. Todos lo sabían. Desgraciadamente no sabían lo que hacer al respecto.

—¿Estuvieron solos en alguna ocasión?

Heath negó lentamente. Esperó que el sheriff no notara el arrepentimiento en su mirada o en su voz cuando respondió.

—Solo un necio habría dejado a una niña pequeña a solas con un depredador como Tommy.

Aquella noche, Heath se había mostrado callado y reservado. Julianne esperaba que él dijera algo de lo ocurrido con el sheriff Duke, sobre el beso, sobre la discusión o los papeles del divorcio... pero no ocurrió nada. Cuando Duke se marchó, Heath regresó a la furgoneta y siguió descargando. Cuando terminó, se ofreció voluntario a ir a la ciudad a comprar una pizza.

Mientras él estaba fuera, llegó un mensajero con los papeles del abogado. Ella los examinó brevemente y los dejó encima de la mesa de la cocina. No estaba de humor para enfrentarse a aquello aquel día.

Cuando regresó con la pizza, el estado de ánimo de Heath no había mejorado. Se sentó en el sofá con el plato en el regazo y se puso a comer. Julianne optó por comer en la mesa.

Le quedaba un trozo frío de pizza cuando ella sacó valor para hablar.

–Heath…

–¿Sí?

–¿Vas a decirme lo que ha ocurrido?

–¿Te refieres al sheriff?

–Supongo. ¿Es eso lo que te preocupa?

–Sí y no.

Julianne se levantó y se acercó al sofá. Se sentó.

–Ha sido una semana muy larga, Heath. Estoy demasiado cansada para juegos. ¿Qué es lo que pasa?

–¿Aparte de los papeles del divorcio que hay sobre la mesa de la cocina? –le preguntó Heath. La observó un momento antes de suspirar y sacudir la cabeza–. El sheriff Duke me ha estado haciendo algunas preguntas. Nada de lo que preocuparse. De hecho, me ha dicho que Ken y Molly ya no son sospechosos.

Julianne levantó las cejas muy sorprendida.

—Y eso es bueno, ¿no?

—Por supuesto que sí. La conversación estuvo bien. Solo me hizo pensar. Me recordó lo fracasado que soy.

—¿Tú? ¿Fracasado? ¿De qué estás hablando? Eres el director de tu propia agencia de publicidad. Tienes un gran apartamento en Manhattan y conduces un Porsche. ¿Cómo puedes ser un fracasado con todo eso?

—Se me da bien convencer a la gente para que compre cosas que no necesita. ¿Eso es algo de lo que sentirse orgulloso? Puede. Sin embargo, fracaso en lo importante. Cuando importa, parece que nada de lo que yo pueda decir o hacer produce ninguna diferencia.

A Julianne no le gustaba el tono de su voz. Sonaba casi derrotado. Roto. Muy poco propio de él, pero ella sabía que, en cierto modo, era responsable.

—¿A qué te refieres?

—A protegerte a ti. A mis padres. A Ken. A salvar nuestro matrimonio…

Julianne frunció el ceño y levantó las manos.

—Espera un minuto. En primer lugar, ¿cómo se supone que un niño de nueve años puede salvar a sus padres de un accidente de automóvil en el que él estuvo a punto de perder también la vida? ¿O evitar que Ken tenga otro ataque al corazón?

—Fue culpa mía que estuviéramos en esa carretera. Yo estuve dando la lata a mi padre todo el rato hasta que accedió a llevarnos a tomar un helado.

—Por Dios, Heath. Eso no hace que lo ocurrido fuera culpa tuya.

—Tal vez, pero el ataque al corazón de mi padre sí que fue culpa mía, al menos el segundo. Si yo hubiera sido sincero con la policía sobre lo que ocurrió con Tommy, no habrían venido aquí para interrogarle.

Heath se estaba mostrando completamente irracional sobre todo aquello. Ella se dio cuenta de que había estado interiorizando lo ocurrido más de lo que ella creía.

—¿Y yo? ¿Cómo fallaste a la hora de protegerme a mí? Estoy aquí sentada, perfectamente.

—Al hablar con el sheriff Duke me he dado cuenta de que debería haberlo visto venir. Lo de Tommy. Debería haberme dado cuenta de que él iba a ir a por ti. Y te dejé sola. Cuando pienso lo que podría haber ocurrido... Jamás debería haberte dejado a solas con él.

—No me dejaste a solas con él. Yo estaba haciendo mis tareas igual que tú y él me encontró. No puedes prever el futuro. Yo ciertamente no esperaba que tú fueras capaz de anticipar los movimientos de un monstruo como él. No hay razón por la que hubieras podido pensar que yo estaría en peligro.

Heath la miró por fin y frunció el ceño con preocupación por cosas que ya no podía cambiar.

—Pero sí que lo sabía. Vi el modo en el que te estaba mirando. Supe lo que estaba pensando. Mi error fue no darme cuenta de que sería capaz de hacerlo. ¿Qué habría ocurrido si no hubieras podido defenderte? ¿Y si te hubiera violado? –susurró sacudiendo la cabeza. Estaba demasiado sumido en sus pensamientos como para darse cuenta de que Julianne se tensó en el asiento–. Ojalá se hubiera limitado a salir huyendo. Eso habría sido mejor para todo el mundo.

Heath tenía el dolor reflejado en el rostro. Estaba tan disgustado pensando que Tommy la había atacado… Ella nunca podría decirle que Tommy había sido capaz de conseguir lo que buscaba de ella. Ya cargaba con suficiente culpa sobre los hombros y sin motivo alguno. Nada de lo ocurrido aquel día había sido culpa suya.

–No para las personas a las que podría haber hecho daño más tarde.

Heath se encogió de hombros.

–Tú dices que yo te protegí, pero no fue así. Si hubiera sido más inteligente, no habrías necesitado protección.

Julianne se acercó un poco más a él sobre el sofá y le colocó una mano en el hombro.

–Heath. Basta ya. Nadie podría haber detenido a Tommy. Lo que importa es todo lo que hiciste por mí después. No tenías que hacer lo que hiciste. No le has contado la verdad a nadie en todo este tiempo.

–Ni siquiera lo digas en voz alta. Hice lo que tenía que hacer y, ocurra lo que ocurra con el sheriff

Duke, no me arrepiento. Lo que me duele es que tú siempre tendrás malos recuerdos de ese día. No iba a permitir que tuvieras que enfrentarte a todo el mundo para revivirlo. Eso sería como permitir que él te atacara cada vez que tuvieras que contar la historia.

Sin duda, habría sido horrible. A ninguna mujer le gusta tener que describir cómo ha sido asaltada, y mucho menos a una niña de trece años que apenas comprendía lo que le estaba ocurriendo. Sin embargo, Julianne era fuerte. Le gustaba pensar que podría superarlo. Los chicos tenían otras ideas. Ellos, en especial Heath, pensaron que lo mejor era guardar silencio. Al contrario de ella, tenían que vivir con el miedo a que se los llevaran de allí. Hicieron tremendos sacrificios por ella, más de lo que se imaginaron nunca, y ella les estaba muy agradecida. Solo le preocupaba que el precio que terminarían pagando fuera más alto de lo que habían esperado.

—¿Ha merecido la pena la ansiedad pasada? Los años de espera. Llevamos en ascuas desde que papá vendió esa finca. Si me hubieras permitido ir a la policía, todo habría terminado hace mucho.

—¿Ves? Mi intención de protegerte de las consecuencias de mis anteriores fracasos ha fracasado también. Ha empeorado las cosas a la larga. Y tú lo sabías. Por eso no podías amarme. Te avergonzaba estar enamorada de mí.

—¿Cómo dices? —le preguntó Julianne muy sorprendida.

—Dime la verdad, Jules. Tal vez te intimidaba tener relaciones sexuales conmigo o cómo podría ser el futuro, pero la gota que colmó el vaso fue regresar a casa y tener que decirles a tus padres que te habías casado conmigo. Estabas avergonzada.

—Estaba avergonzada, pero no por ti. Nunca. Me avergonzaba el hecho de haberme dejado llevar sin pensar bien las cosas. ¿Cómo podríamos explicar a nuestros padres que nos habíamos casado y que habíamos roto prácticamente el mismo día de la boda?

—Siempre te ha preocupado demasiado lo que puedan pensar los demás. Preferiste dejar todo lo que teníamos que desilusionar a Molly.

—No teníamos mucho que dejar, Heath. Una semana juntos es muy poco en una relación.

—El futuro que podríamos haber tenido. Eso es lo que me impide dormir por las noches, Jules.

—¿Y si no hubiera salido bien? ¿Y si nos hubiéramos divorciado un par de años después? Tal vez nos habríamos casado y habríamos llevado a nuestras parejas a casa en las celebraciones familiares. ¿Cómo habrían ido? Todo habría resultado muy incómodo.

—¿Más que tener que mirar a hurtadillas a la que es tu esposa a pesar de que nadie lo sepa a través de la mesa del comedor?

—Heath…

—No creo que te interese, Jules. Nunca te interesó. De algún modo, para ti solo fue un error que tenía que ocultarse para que no lo descubriera nadie. Para ti fue una locura que había que corregir, pero para mí fue mucho más que eso. Yo te amaba. Más que a nada. Ojalá no hubiera sido así. Me pasé años tratando de convencerme de que solo había sido un amor pasajero. Así hubiera sido más fácil enfrentarme a tu rechazo.

–¿Rechazo? Heath, yo no te rechacé.

–¿De verdad? ¿Y cómo lo interpretas tú, Jules? Para mí, la chica que amaba accedió a casarse conmigo y luego salió despavorida en el momento en el que la toqué. Si estabas avergonzada de mí, de la situación o de lo que pudiera parecer… el resultado es el mismo. Al final, mi esposa me rechazó y me dejó tirado. Te marchaste a la facultad de Bellas Artes sin decir adiós, como si nuestro matrimonio ni los sentimientos que teníamos el uno por el otro importaran. Esa actitud me parece definir perfectamente la palabra rechazo.

Julianne trató de absorber todo lo que él había dicho. Tenía razón. Habría sido mejor decirle que no sentía nada por él. Habría sido una mentira, pero habría sido mejor para él que lo le hizo.

–Heath, jamás fue mi intención que tú te sintieras de ese modo. Siento mucho que mis actos te hicieran sentir que ni te deseaba ni te amaba. Yo era muy joven y me sentía confusa. No sabía lo que hacer ni cómo manejar la situación. Te amo y jamás te haría daño deliberadamente.

–Me amas, pero no estás enamorada de mí. Es eso, ¿verdad?

Julianne suspiró.

–Es mucho más complicado que todo eso. Claro que te amo, pero no del mismo modo que amo a Xander, Brody o Wade, por lo que no, no puedo decir eso. Hay otros sentimientos. Siempre han estado presentes… Cosas que no sé cómo…

–Me deseas.

Ella lo miró a los ojos. La expresión que vio en ellos era difícil de entender. Se veía en ellos dolor, pero algo más también. Una intensidad que exigía una respuesta sincera por parte de Julianne. Sabía que ella lo deseaba, decirle lo contrario sería mentirlos a ambos. Apartó la mirada.

–No debería.

–¿Por qué no? Pensaba que no te avergonzabas de mí.

–Claro que no me avergüenzo de ti, pero nos estamos divorciando. ¿De qué serviría ceder a nuestra atracción?

–A mí me vendría muy bien… –comentó él con una pícara sonrisa.

–Estoy seguro de que estarías contento en su momento, y yo también. ¿Y después qué? ¿Es eso todo? ¿Solo sexo? ¿Merece la pena solo por sexo?

–¿Tienes que racionalizarlo todo hasta quitarle todo lo que tenga de diversión?

–¡Estoy tratando de ser sensata sobre este asunto! ¡Tú quieres que nos divorciemos! ¿Por qué me iba a meter yo en tu cama?

–Yo no he dicho que quiera que nos divorciemos.

Eso no era del todo cierto. La había presionado

a tomar una decisión contra la cómoda de su dormitorio. Se lo había exigido. Los papeles estaban a pocos metros de distancia.

–Recuerdo claramente que tú…

–Dije que tenías que tomar una decisión. Estar conmigo o no estarlo. Nada de medias tintas. Si no quieres estar conmigo, bien. Pero si quieres… aquí me tienes. No tengo problema alguno en aplazar lo del divorcio mientras disfrutamos de nuestros derechos matrimoniales.

Julianne frunció el ceño.

–¿Te estás escuchando? ¿Posponer el divorcio para poder acostarnos juntos?

–¿Y por qué no? Me merezco una noche de bodas, aunque sea tardía. Hemos sufrido todos los dramas del matrimonio sin ninguna de las ventajas.

–Tú solo quieres ponerte al día de once años de sexo.

–Puede… –susurró él con el fuego reflejado en los ojos–. ¿Acaso me culpas?

–Deja de comportarte como si hubieras vivido como un monje todo este tiempo. Y aunque así fuera, once años sobre los que ponerse al día es mucho tiempo. Tenemos una granja de la que cuidar y yo tengo una exposición que preparar.

–Yo voto por disfrutar al máximo del tiempo que pasemos aquí…

–Una vez más, Heath. ¿Y qué nos dejará eso? Te deseo y tú me deseas a mí. No voy a sumergirme en esto otra vez sin pensarlo bien.

–Pues no lo hagas, Jules. Prueba el agua. Mete el dedo a ver cómo está –dijo él sonriendo–. Yo creo que el agua está cálida y apetecible… –añadió mientras le colocaba la palma de la mano en el muslo.

El deseo fue instantáneo. Se le extendió rápidamente por las venas hasta que el rubor le tiñó las mejillas. Sabía que lo único que tenía que hacer era pronunciar una única palabra y Heath le haría todas las cosas con las que llevaba años fantaseando. Sin embargo, no estaba dispuesta a cruzar la línea. Él tenía razón. Carecía de espontaneidad y en pocas ocasiones tomaba decisiones que la perseguían del modo que le había ocurrido con él. En aquella ocasión no quería equivocarse. En lo que se refería a Heath, tenía demasiadas cosas de las que arrepentirse. Cuando se entregara a él, si es que lo llegaba a hacer, quería estar completamente segura de haber tomado la decisión correcta.

–Estoy segura de ello –dijo. Extendió la mano, agarró la de Heath y se la colocó sobre la pierna–, pero seguirá estando igual de cálida y apetecedora mañana.

Capítulo Seis

Julianne se dio la vuelta en la cama y miró el reloj que había sobre la cómoda. Eran poco más de las dos de la madrugada. Se había dormido sin problemas, pero los malos sueños la habían despertado bruscamente.

Siempre había dormido bastante bien, pero se despertaba casi todas las noches desde que el cuerpo de Tommy fue desenterrado las anteriores Navidades. Por mucho que todos habían tratado de olvidarse de aquel día, no había modo de escapar de él.

Por mucho que él quisiera hacerlo, Heath no podía protegerla eternamente. Julianne estaba casi segura de que antes de que ella se marchara de la granja, se conocería la verdadera historia. Si abandonaba el granero para ingresar en prisión estaba aún por ver. El sheriff Duke estaba investigando aquel asunto y no descansaría hasta que se descubriera la verdad.

Con un suspiro, Julianne se sentó en la cama y se apartó el cabello del rostro. El sueño de aquella noche había sido horrible y se había despertado cubierta de un sudor frío. Tenía varias versiones diferentes del sueño, pero aquella era la que más le preocupaba. Corría a través de los campos, entre los árboles, pero no se atrevía a mirar atrás. Sabía que si lo hacía, Tommy la alcanzaría. En el momento en el que su mano gruesa y grande le agarraba el hombro, Julianne se sentaba de un salto en la cama. Estaba a punto de gritar, pero se despertaba entonces y se daba cuenta de que Tommy ya llevaba mucho tiempo muerto.

Se podría pensar que el hecho de tener las mismas pesadillas una y otra vez había supuesto que dejaran de preocuparla. No era así. Parecían empeorar. La mayoría de las noches se levantaba y se iba al taller. El tacto de la arcilla entre las manos la ayudaba a tranquilizarse. Creaba belleza y cuando se limpiaba, podía volver a la cama sin dudas o pesadillas.

Llevaba una semana sin ayuda para volver a dormirse. Tenía que capear el temporal como podía, pero terminaba quedándose dormida al amanecer. Afortunadamente, ya tenía el taller instalado en el almacén y podía recurrir a los giros hipnóticos de su rueda de alfarero.

Se levantó de la cama y salió de la habitación. El granero estaba en silencio. Bajó rápidamente las escaleras ayudándose con la luz del teléfono móvil hasta que llegó a la cocina. Allí encendió la luz y se sirvió un vaso de agua. Entonces, tomó una galleta y se dirigió a su nuevo estudio.

Las luces fluorescentes parpadearon unos instantes antes de encenderse. Heath la había ayudado mucho a colocarlo todo. Solo quedaban unas pocas cajas y el horno aún tardaría unos días en llegar, pero se podía decir que el taller estaba listo para empezar a funcionar.

Se terminó la galleta y dejó el vaso de agua sobre la cómoda. En una caja había bloques de arcilla. Sacó uno de ellos y lo llevó al torno. Colocó un plato de metal y puso encima la arcilla. Entonces, llenó un cubo de agua para meter la esponja.

Se acercó al torno y lo encendió. Este empezó a dar vueltas. Metió las manos en el cubo de agua y luego las colocó sobre la bola de arcilla. Formó algo parecido a una rosquilla y luego, lentamente fue haciéndolo cada vez más alto. Poco a poco fue estirando la arcilla hasta crear la forma de un jarrón. Con la esponja, fue alisando la superficie. Por último, utilizó una herramienta para cortar el exceso de arcilla y apagó el torno.

Suspiró de felicidad y admiró su obra.

–Nunca antes te había visto trabajar.

Julianne se sobresaltó al escuchar la voz de Heath. Se dio la vuelta con el corazón latiéndole alocado.

–No deberías sobresaltar a una chica de ese modo.

–Lo siento. Al menos he esperado hasta que has terminado –dijo él desde el umbral del almacén.

Julianne se mostró agradecida de que fuera vestido con un pijama completo. No se habría podido resistir si hubiera bajado tan solo con los pantalones del pijama.

–Me resulta increíble la rapidez con la que has hecho ese jarrón. Eres maravillosa.

Julianne se levantó y sacó una espátula de un cajón. Se sentía incómoda con tantos halagos. Levantó el plato de metal y colocó el jarrón húmedo en la estantería para que se secara.

–No tiene nada de especial.

–No seas modesta. Tienes mucho talento.

Julianne hizo que el torno volviera a funcionar para ocultar el rubor que le cubría las mejillas.

–¿Te gustaría aprender a hacer algo?

–¿De verdad?

–Claro. Ven aquí –dijo. Lo miró durante un instante para tratar de decidir cuál era el mejor modo de hacerlo–. Dado que yo soy tan menuda, probablemente sea más fácil si tú te colocas detrás de mí y me pasas los brazos por encima. Así yo podré guiarte mejor las manos.

Heath apartó el taburete y se colocó detrás de ella.

–¿Así?

–Sí.

Julianne sonrió e hizo girar el torno. Ya no había manera de zafarse.

–Está bien. Primero, mete las manos en el agua. Tienes que mantenerlas húmedas.

Los dos metieron las manos en el cubo y luego ella colocó las suyas encima de las de Heath.

–Aprieta la arcilla del mismo modo en el que yo te aprieto las manos.

Estuvieron trabajando un rato con la arcilla y el

agua. Julianne trataba de centrarse en el jarrón y no en el calor que sentía en la espalda por el cuerpo de Heath. El cálido aliento de él en el cuello también la distraía. No hacía más que imaginarse lo que sentiría si él la besaba allí. Deseaba que lo hiciera. Entonces, se dio cuenta de que el jarrón estaba empezando a desmoronarse, por lo que centró de nuevo su atención en lo que estaban haciendo.

—Esto es muy raro —dijo él riendo. Deslizaba hábilmente los dedos sobre la arcilla, entrelazándolos con los de Julianne suave y eróticamente—. Y algo sucio, francamente.

—Sí —admitió ella.

En más de una ocasión, se había perdido entre las eróticas sensaciones de la arcilla entre sus dedos y el suave ronroneo del torno. Esa experiencia se engrandecía mil veces al compartirla con Heath y tenerlo tan cerca.

—Pero trata de controlarte —añadió con una risa nerviosa para ocultar su propia excitación—. No quiero que tengas pensamientos sucios cada vez que veas mi trabajo.

Las manos de Heath se escaparon de repente de las suyas y se deslizaron por los brazos desnudos de Julianne hasta agarrarle los codos. El frío tacto de la arcilla sobre la piel resultaba muy erótico. Era evidente que ella no era la única a la que había excitado aquella situación.

—En realidad, este trabajo no es lo que me inspira…

A Julianne se le escapó un suspiro de los labios, pero no se atrevió a moverse. Siguió trabajando en el jarrón sola, creando con manos temblorosas un objeto que no estaba a su nivel. No le importó. Si lo soltaba, tendría que tocar a Heath y no sabía si podría contenerse.

Él, por su parte, se concentraba en apartarle el cabello del rostro y, como si le hubiera leído el pensamiento, le dio un beso justo debajo de la oreja. Ella echó la cabeza hacia atrás y hacia un lado para facilitarle el acceso. Heath besó, mordisqueó y chupó, provocándole una oleada de placer tras otra.

Julianne arqueó la espalda, apretando la curva de su trasero contra la firme columna del deseo de Heath. Ese contacto le produjo un ronroneo de placer en la garganta. Sintió una mano en la cintura que la hizo echarse un poco más hacia atrás, más cerca incluso de él.

—Jules… —susurró él, provocándole una oleada de deseo por todo el cuerpo.

Ella soltó por fin la arcilla y apagó el torno antes de cubrir las manos de Heath con las suyas. Los dedos se entrelazaban mientras que las manos de él se deslizaban por encima del cuerpo de ella.

—¿Sí?

—Dijiste que el agua seguiría igual de cálida al día siguiente. Y ya es el día siguiente… —le recordó él mientras le mordisqueaba suavemente el lóbulo de la oreja.

Con eso bastó.

Cuando Julianne se dio la vuelta por fin para mirarlo, tuvo que concentrarse para no decirle que era la mujer más hermosa que había visto en toda su vida. Aquellas palabras distaban mucho de ser una declaración de amor, pero decidió no pronunciarlas.

Julianne lo miró un instante con sus ojos verdes como esmeraldas antes de colocarle las manos a ambos lados de la cabeza y tirar de él para que la besara. En el momento en el que sus labios se unieron, Heath sintió cómo la adrenalina le recorría las venas, y se vio poderoso, invencible y desesperado por poseerla de una vez por todas.

El beso del día anterior no había bastado para saciar la sed que tenía de ella. Tan solo le había hecho sentirse más desesperado por volver a beber de ella. Al notar cómo las palmas de las manos de Julianne le recorrían el cuerpo y se aferraban a él, se sintió como en un sueño. Quería pellizcarse para asegurarse de que estaba verdaderamente despierto. No sería el primer sueño que había tenido con Julianne…

Ella le mordió el labio. El dolor hizo que Heath se apartara y estudiara su rostro. Julianne era real. Después de todos aquellos años, volvía a tenerla entre sus brazos.

–Lo siento… ¿Demasiado fuerte?

–No. Simplemente me has asustado. Eso es todo.

Julianne asintió. Entonces, levantó la mano y le acarició la mandíbula. Las yemas de los dedos se deslizaron por la mezcla de arcilla y barba incipiente, lo que hizo que los músculos del cuello de Heath se tensaran de anticipación.

–Creo que necesitamos una ducha –dijo ella–. Eres un chico muy, pero que muy sucio.

Una ducha era una idea fantástica.

–Tú me has puesto así –replicó él.

Con una sonrisa, tomó a Julianne en brazos y se dirigió con ella escaleras arriba. Cuando llegaron a la planta superior, la boca de Julianne buscó de nuevo la de Heath. Casi a tientas, él entró a su dormitorio y llegó hasta el cuarto de baño. Allí, la soltó un instante para encender la luz.

Julianne, por su parte, estiró la mano para abrir los grifos del agua y palpó a ciegas para ajustar la temperatura del agua. Entonces, hizo que él la dejara sobre el suelo y se metió en la ducha tirando de Heath hasta que los dos estuvieron dentro, completamente vestidos. Las ropas se empaparon y se volvieron transparentes.

Los rosados pezones se erguían contra el húmedo algodón. Las manos de Heath los buscaban, apretándolos con las palmas hasta que los gemidos de placer de Julianne se hicieron eco contra las paredes. Fue bajando la boca hasta la que el escote de la camiseta quedó estirado al máximo y los pechos se le derramaron por encima. Heath atrapó uno entre los labios y chupó con fuerza.

El agua caliente les caía por encima mientras se tocaban y saboreaban. Ya no tenían arcilla, pero las ropas se interponían entre ellos. Julianne tiró de la camiseta húmeda de Heath y se la sacó por la cabeza para arrojarla al suelo del cuarto de baño.

–Pensaba que estabas cansada de que estuviera todo el rato sin camiseta…

–Dijiste que en la ducha estaba permitido, ¿no te acuerdas?

–Es cierto…

Heath hizo lo mismo con la de ella y también con los pantalones cortos. Julianne quedó completamente desnuda ante él. Su cuerpo era una delicia que llevaba demasiado tiempo sin contemplar. Quería tomarse su tiempo, explorar cada centímetro y cada curva de su piel, pero Julianne no estaba dispuesta a permitírselo. Tiró de él y le enganchó la pierna sobre la cadera.

Heath la levantó contra su cuerpo y la apretó contra la pared de la ducha. Con un brazo le sujetaba la cintura mientras que la otra mano hacía lo mismo con el muslo. El agua caliente caía por la espalda de Heath, por lo que ninguno de los dos corría peligro de ahogarse.

Julianne colocó las manos entre ambos y apartó los pantalones y se los bajó. Heath no llevaba ropa interior y esperó a que ella le tocara. Entonces, sintió que ella se tensaba entre sus brazos.

–Heath…

Él se tensó. No estaba seguro de poder soportarlo una segunda vez…

–Dime…

–Antes de que… No quiero decirle a nadie lo nuestro. Esto. Todavía no.

Heath trató de que aquellas palabras no le afectaran. Ella insistía en que no se avergonzaba de él, pero no hacía más que demostrarle lo contrario. Quería preguntar por qué, sacarle información, pero aquel no era el momento más adecuado para tener aquella conversación.

–Está bien…

Inmediatamente, sintió que Julianne se relajaba. Esperó un instante antes de buscar la húmeda feminidad, señal evidente de que ella lo deseaba y que, por fin, estaba dispuesta a entregarse. Heath la acarició e hizo que ella arqueara la espalda y que apretara las caderas contra la mano. Él la sujetó con fuerza y la levantó, colocándose justo en la entrada de su cuerpo. Quería hundirse en ella con fuerza, pero una parte de su ser esperaba que Julianne se lo impidiera. Apretó la mandíbula y rezó para tener el autocontrol necesario para retirarse si ella se lo pedía.

–Sí, Heath… –susurró Julianne–. Por favor… hemos esperado mucho tiempo. No me hagas esperar más.

Heath se movió ligeramente hacia delante y, casi sin darse cuenta, sintió que la penetraba profundamente. El placer se apoderó de él. Apretó el rostro contra el hombro de Julianne y gozó al sentir la esperada sensación de notar el cuerpo de su esposa alrededor de su miembro.

¿Cuántos años, noches y días había fantaseado con aquel momento? Julianne era suya por fin. Casi no se lo podía creer. Esperó que no se tratara de un sueño. Decidió que solo había un modo de comprobarlo.

Se apartó lentamente y volvió a hundirse rápida y profundamente, provocando un gemido de satisfacción. Sentía los dedos de Julianne apretándosele insistentemente contra la espalda y los músculos de su sexo tensándose alrededor de él. Estaba despierto. Ya no había razón para contenerse.

La agarró con fuerza y la apretó contra la pared. Entonces, comenzó a moverse dentro de ella. Lo que empezó como una delicada cata se transformó rápido en una fiera posesión. Julianne se aferraba a él, aceptando todo lo que él le daba y respondiendo con los movimientos de sus caderas y profundos gemidos de placer.

Aquel momento era increíble y perfecto… No era romántico, sino fiero y primitivo. Once años de espera. Once años de otras amantes que nunca se podían comparar con Julianne. Heath era como un hombre hambriento en un festín. No podía saciar la necesidad que se había formado dentro de él durante todos aquellos años.

Sin embargo, incluso cuando la penetraba, no dejaba de pensar en aquella noche… la noche que deberían haber pasado juntos en Gibraltar. Para los dos debería haber sido la primera vez.

Iba a volverse loco con esos pensamientos. Para purgarlos de su cerebro, buscó la boca de Julianne y se centró en el sabor de sus labios. Baile de lenguas. Dientes afilados que le mordisqueaban. El eco de los gemidos de placer…

Se apretó con fuerza contra ella, sujetándola mientras se hundía incesantemente en su cuerpo. Julianne apartó la boca de la de él. Cuanto más rápido se movía él, más gritaba de placer Julianne. Se perdió en su propio deseo y por fin sintió cómo el cuerpo de ella se tensaba al acercarse al clímax.

Cuando ella empezó a temblar entre sus brazos, se apartó un poco y abrió los ojos. Quería ser testigo de aquel momento y recordarlo para siempre. Julianne tenía la cabeza echada hacia atrás y los ojos cerrados. La boca estaba abierta y los gemidos que escapaban de ella se iban convirtiendo poco a poco en gritos.

–¡Sí, Heath, sí! –gritaba.

Le pareció el sonido más erótico que había escuchado nunca. Fue lo que necesitaba para alcanzar su propio orgasmo. Sintió cómo el placer se abría paso para explotar por fin. Se vertió dentro de ella, dejando que sus gemidos de gozo se mezclaran con los de ella y con el ruido del agua.

«Por fin», pensó mientras extendía la mano para cerrar el grifo. Había esperado aquel momento durante años, pero había sido mejor de lo que nunca podría haber imaginado.

Capítulo Siete

Heath los había firmado.

Bueno, si aquello no era la guinda que coronaba el pastel, Julianne no sabía qué era. Al sentarse a la mesa de la cocina a la mañana siguiente, vio que los papeles del divorcio estaban extendidos sobre la mesa y descubrió la firma de Heath...

Por suerte, le había pedido que todo aquello se mantuviera en secreto. No había razón alguna para contárselo a nadie. A pesar de lo que había ocurrido la noche anterior, el divorcio era inminente.

Con un suspiro, se tomó un sorbo de café y consideró las opciones. Podía disgustarse, pero no le serviría de nada. Ella era la que había hecho que se redactaran los papeles. No podía enfadarse con él porque los hubiera firmado.

Decidió que lo mejor era considerar la situación desde un ángulo diferente. Heath y ella se iban a divorciar. Era algo que se veía venir desde hacía mucho tiempo y que ya no se podía cambiar. Con eso en mente, ¿qué malo había en acostarse con Heath? Siempre se habían deseado. En realidad, tal vez fuera algo que los dos tuvieran que hacer. Podría ser que se sintieran incómodos el uno con el otro, pero también lo habían estado antes.

Tal vez después de sacarse aquella espina, podrían seguir adelante con el pensamiento más claro. ¿Pero hacia dónde? ¿Qué ocurriría cuando se divorciaran? Entre ellos existía una química innegable. Después de cruzar la línea, sería más difícil no volverla a cruzar.

¿Y si volvía a ocurrir?

Julianne no creía que fuera la mejor de las ideas, pero no estaba dispuesta a renunciar. La noche anterior había sido… maravillosa. Había hecho que los once años de espera merecieran la pena. Eso la enojaba. Tommy la atacó y ella tenía la sombra de su muerte sobre la conciencia. El impacto de ese hecho en su vida había sido brutal. ¿Y si su noche de bodas con Heath hubiera transcurrido del modo en el que se esperaba? ¿Y si hubieran podido regresar y decirle a todo el mundo que estaban juntos? Julianne sentía que incluso tanto tiempo después de su muerte, Tommy no solo le había arrebatado su inocencia, sino también un futuro y una felicidad compartida con Heath.

Recordó lo que su psicólogo le había dicho sobre lo ocurrido con Tommy: tenía que aceptarlo y seguir con su vida. No tenía sentido seguir viviendo en el pasado. Estos consejos aplicados a lo que había ocurrido con Heath la llevaban a aceptar que había tenido relaciones sexuales con él y a reconocer que había sido algo maravilloso. Las consecuencias no tenían por qué ser negativas. Solo era sexo. Podían hacerlo dos o veinte veces, pero si mantenía eso en mente todo iría bien. No significaba nada, al menos para ella. Y dado que él había firmado los papeles del divorcio en primer lugar, seguramente para Heath tampoco.

Tras pensar esto unos instantes, tomó el bolígrafo y buscó dónde tenía que firmar. Dudó solo un instante antes de estampar su firma junto a la de él.

–¿Ves? –dijo en voz alta–. No significó nada.

Ya estaba hecho. Tan solo tenía que enviárselo de nuevo a su abogado. Guardó los papeles en el sobre y sintió durante unos instantes la euforia de librarse del peso de un matrimonio. Sin embargo, es sensación no duró mucho. Sintió una fuerte sensación de fracaso en el estómago.

Decidió que lo mejor era marcharse del granero. Realizar algunos recados le vendría bien. Además, podría pasarse por la oficina de correos para enviar los papeles e ir a ver a su padre. Le parecía raro quedarse allí esperando a que Heath se despertara. No había razón alguna para darle a la noche anterior más importancia que la que tenía. Lo trataría como a cualquier otro ligue.

En primer lugar iría a ver a su padre. El coche de su madre estaba en la casa, lo que indicaba que su padre estaba solo. Al llegar al hospital, se dirigió a la habitación. Ken estaba sentado viendo la televisión cuando ella llegó.

–Buenos días, papá.

–Buenos días, hija –dijo él con una sonrisa–. No

me habrás traído algo para desayunar, ¿verdad? Unas salchichas o algo así...

–¡Papa! ¡Acaban de operarte del corazón! ¿Cómo te voy a traer unas salchichas?

–Bueno, cualquier cosa es mejor que esto –respondió indicando la comida que tenía en la bandeja–. Ni siquiera sé lo que es.

–Pues a mí me parece claras de huevo batidas, cereales y tostadas.

–A mí me sabe todo igual. Ni sal, ni azúcar, ni sabor alguno. ¿Por qué se han molestado en salvarme la vida?

–Tal vez no te guste, pero tienes que comer más saludable –dijo ella frunciendo el ceño–. Me diste tu palabra de que vivirías al menos hasta los noventa años y espero que cumplas tu promesa.

Ken suspiró.

–Está bien, pero solo lo hago por ti.

–¿Cuándo te van a dar el alta? Estoy segura de que la comida saludable de mamá será mucho más apetitosa.

–Mañana, gracias a Dios. Me alegra mucho no tener que ir a ese centro de rehabilitación. Los dos sabemos que, en realidad, es una residencia de ancianos. Tal vez no me falte mucho para morirme, pero aún no estoy preparado para eso.

–Yo también me alegro. No quería que fueras allí.

–Tu madre dice que Heath y tú estáis en el granero.

–Sí –dijo ella sin dar más detalles.

–¿Y cómo os va? Hace mucho tiempo que no estáis juntos. De niños erais inseparables.

–Bien –repitió–. Nos estamos acostumbrando a volver a estar juntos.

Julianne agarró la jarra de su padre y se sirvió un vaso de agua.

–¿Sabes una cosa? Yo siempre pensé que los dos terminaríais juntos.

No pudo evitar atragantarse y escupir el agua. Dejó el vaso y comenzó a toser con fuerza.

–¿Te encuentras bien?

–Sí. Se me ha ido el agua por otro lado –susurró ella entre tos y tos–. Estoy bien. ¿Qué-qué te hace decir algo así?

–No sé. Los dos parecíais complementaros perfectamente. Ninguno de los dos parecía poder encontrar a la persona adecuada. Siempre me pregunté si estaríais buscando en los lugares equivocados.

–Buscar pareja en la familia no está bien visto, papá.

–¡Venga ya! Vosotros no sois familia. De hecho, ni siquiera vivisteis en la misma casa. Es casi como enamorarse de un vecino.

–¿No te parece que sería raro?

–Tu madre y yo queremos veros felices a Heath y a ti. Si resulta que sois felices juntos, así tiene que ser.

–¿Y si no saliera bien? No podría fingir que Heath no existe como con cualquier otro chico.

Ken frunció el ceño.

–¿Siempre empiezas tus relaciones pensando

99

en cómo va a ser todo cuando terminen? No es muy optimista.

–No, pero es práctico. Ya has visto mi historial.

–Sí. Tu madre me ha dicho que el último tampoco terminó bien.

–¿Por qué iba a ser diferente con Heath? Por supuesto, si él estuviera interesado, algo de lo que estoy segura que no es así.

–Recuerdo que un día cuando eras pequeña volviste a casa del colegio muy emocionada. Te sentaste en mi regazo y me dijiste al oído que habías besado a un chico en el patio. Tenías el nombre de Heath garabateado por el cuaderno.

–Papá, tenía nueve años…

–Lo sé. Y yo doce cuando besé por primera vez a tu madre. Supe entonces que iba a estar con ella el resto de mi vida. Solo tenía que convencerla.

–¿Ella no quería?

–Solo necesitaba un poco de persuasión. Le pedí que se casara conmigo el verano después de que nos graduáramos. El resto es historia.

–Erais muy jóvenes… ¿Cómo sabíais que no estabais cometiendo un error?

–Yo amaba a tu madre. En el día de nuestra boda, le prometí un cuento de hadas. Asegurarme de cumplir esa promesa me hace esforzarme en mi matrimonio todos los días. Hubo tiempos difíciles en los que pensábamos que habíamos cometido un error, pero eso nos hizo luchar más para mantener lo que queríamos.

Julianne pensó en el sobre que llevaba en el

bolso y se sintió culpable. Ella nunca había lucha-do por su relación con Heath. Tommy la había destrozado. Había necesitado años de psicólogos para llegar adonde se encontraba en aquellos mo-mentos: una mujer que fracasaba siempre en sus relaciones y que acababa de acostarse por primera vez con su esposo tras once años de matrimonio. Si las cosas hubieran sido diferentes...

–Lo tendré en cuenta.

Ken sonrió y le golpeó cariñosamente la mano.

–Solo soy un viejo que ha amado a una sola mu-jer en toda su vida. ¿Qué sé yo de todo esto? Veo que ha llegado el momento de mi aseo...

Julianne se volvió hacia la puerta y vio que su madre los observaba desde la puerta.

–Bien, que os divirtáis –dijo riendo–. Te veré mañana en la casa, papá.

Les dio un beso a sus padres antes de marchar-se. Cuando se metió en el coche, pensó en todo lo que su padre le había dicho y decidió que Heath y ella jamás serían felices juntos. Los papeles del di-vorcio lo demostraban. Se dirigió hacia la oficina de correos. Al llegar allí, rellenó los formularios y entregó el sobre con los papeles. Cuando vio que el empleado lanzaba el sobre a la saca, sintió que los remordimientos se apoderaban de ella. No ha-bía peleado.

–Señora, ¿se encuentra bien? –le preguntó el empleado–. ¿Necesita algo más?

Julianne lo miró y, durante unos segundos, es-tuvo a punto de decirle que había cambiado de opinión. De hecho, no estaba del todo segura de que aquello fuera lo que quería. Sin embargo, Heath sí lo deseaba. Quería su libertad. Se merecía encontrar a una mujer que lo amara y le diera la familia y la vida que deseaba. Tal vez la mujer con la que había estado hablando por teléfono sería capaz de darle esa oportunidad.

–No, gracias –respondió con una sonrisa–. Estaba tratando de recordar si necesito sellos, pero no. Gracias.

Con eso, se dio la vuelta y se marchó corriendo de la oficina de correos.

A Heath no le sorprendió despertarse solo, pero le irritó de todos modos. Recorrió la casa y descubrió que el coche de Julianne no estaba.

Miró hacia la mesa donde había dejado los papeles y vio que ya no estaban. Frunció el ceño. Tal vez Julianne quería aquel divorcio más de lo que él había pensado. Evidentemente, tras conseguir la firma, se había marchado inmediatamente a la oficina de correos.

Decidió que era mejor no pensar demasiado en el asunto. Él había firmado, por lo que no se podía quejar de que ella hubiera hecho lo mismo.

Regresó a su dormitorio y se vistió. Salió a los campos para buscar a Owen, el único empleado a tiempo completo de la granja. Lo encontró cortando las ramas bajas de los árboles y atando cintas rojas en los troncos para ser cortados.

–Buenos días, Owen.

–Buenos días, Heath –respondió el hombre–. ¿Me vas a ayudar?

–Sí. Parece que estos ya están listos.

–Así es. Tengo otra sierra mecánica en la furgoneta. ¿Te has traído los guantes y los cascos?

Heath se sacó un par de guantes del bolsillo, sonrió y empezó a trabajar. Arrancó la sierra mecánica y comenzó a trabajar, aliviado de poder canalizar su irritación con Julianne.

Le molestaba que ella le hubiera pedido que mantuviera lo ocurrido en secreto cuando su relación jamás había dejado de serlo.

Había terminado con ella. De hecho, había terminado con ella hacía mucho tiempo. Le quedaban unos treinta días a su ilustre matrimonio. Eso era lo que él quería, ¿no? Había empezado todo aquello porque quería su libertad.

Dejó la sierra y se sacó un puñado de cintas rojas del bolsillo. Recorrió los árboles que había podado, colocando cintas en las ramas. En realidad, no sabía lo que quería. De lo único de lo que sí estaba seguro era de que, en aquella ocasión, no iba a permitir que Julianne saliera huyendo. Iban a hablar de lo ocurrido tanto si ella quería como si no. Probablemente no cambiaría nada e incluso podría ser que no consiguiera volver a meterla en su cama. Sin embargo, su matrimonio tenía que terminar con algo más de ruido.

Capítulo Ocho

Cuando Julianne regresó, el granero estaba vacío. El Porsche no estaba frente a la casa. Respiró aliviada y entró. Al ver el papel amarillo que había sobre la mesa de la cocina, se detuvo en seco. Lo tomó y leyó las palabras que Heath había escrito con su puño y letra.

Hay un restaurante de sushi que se llama Lotus en la plaza de Danbury. He hecho una reserva para esta noche a las siete.

Con un suspiro, Julianne volvió a dejar la nota sobre la mesa. Comprendió que no debería haber salido huyendo aquella mañana. Debería haberse quedado para hablar de lo ocurrido, de lo que significaba y de lo que iban a hacer en el futuro. Julianne no podía culparlo por ello. No le quedaba más remedio que acudir a la cita.

Miró la hora. Tenía el tiempo justo para arreglarse.

Se duchó rápidamente y se lavó el cabello. Se lo secó con el secador y se puso rulos para marcarlo mientras se maquillaba y buscaba en el armario algo que ponerse. Dado que acababan de pedir el divorcio, aquel pensamiento resultaba absurdo, pero no pudo evitar esforzarse un poco más de lo normal en su aspecto.

Desgraciadamente, no tenía nada que ponerse. No tenía muchas prendas elegantes. Se pasaba el día cubierta de arcilla. Encontró un vestido negro que había utilizado para varios eventos en la galería. Le llegaba por la rodilla y tenía un profundo escote en uve y mangas francesas. Un cinturón de raso le ceñía la cintura, dándole un poco de brillo y lujo sin ser demasiado llamativo. Se calzó los zapatos de tacón de charol que solía ponerse con aquel vestido y un medallón de plata que le colgaba justo en el hueco entre los omóplatos.

Cuando se quitó los rulos y se aplicó un poco de perfume, había llegado el momento de marcharse.

Lotus era un restaurante pequeño y muy exclusivo. Aparcó su coche muy cerca del Porsche plateado de Heath y vio que él estaba de pie a la puerta del restaurante hablando por teléfono.

Se tomó su tiempo en salir del coche para poder disfrutar de la vista sin que él se diera cuenta. Iba vestido con un traje gris oscuro, con camisa blanca y corbata gris. El traje le sentaba a la perfección. Heath tenía el físico de un atleta. Esbelto pero duro como una roca. Tocarle en la ducha había sido una fantasía hecha realidad. Tan solo se lamentaba de la celeridad de su encuentro, que había sido un alocado frenesí de deseo y posesión.

No había habido tiempo para explorar y saborear tal y como a ella le habría gustado. Y ya no lo habría.

Heath la vio en ese instante. Sonrió, pero rápidamente borro el gesto, como si se alegrara de verla, pero no quisiera que ella lo supiera.

—Estoy aquí, tal y como me has pedido —dijo ella tras llegar junto a él.

Heath asintió y se metió el teléfono móvil en el bolsillo.

—Cierto. Me sorprende —replicó mientras agarraba la puerta del restaurante y la abría para que ella pudiera entrar.

—Vamos a tener que pasar juntos muchas semanas. No tiene sentido alguno empezar con mal pie.

El maître salió a recibirlos y los llevó a su mesa. Mientras caminaban, Heath se inclinó hacia ella y le susurró al oído:

—No creo que hayamos empezado con mal pie. De hecho, me atrevería a decir que hemos empezado muy bien.

—Y luego hemos pedido el divorcio —replicó ella.

Heath soltó una carcajada y se limitó a seguirla en silencio. Los escoltaron a una mesa que estaba en un rincón, frente a una maravillosa pecera. Se sentaron, pidieron lo que iban a tomar para beber y acordaron las piezas de *sushi* que iban a compartir. Cuando terminaron, se miraron el uno al otro.

—Probablemente te estás preguntando a qué se debe esto —dijo Heath tras tomar un sorbo de *sake*–. Tenemos que hablar de lo ocurrido anoche. Pensaba que el hecho de estar lejos de casa y de todas esas personas que te preocupa que nos vean juntos podría ayudar.

Julianne suspiró. Heath se había tomado muy mal el hecho de que Julianne le pidiera que mantuvieran su encuentro en secreto.

–Heath, yo no…

–No importa, Jules. No quieres que nadie nos vea juntos. Lo entiendo. No ha cambiado nada desde que teníamos dieciocho años. Yo debería estar contento simplemente con que nos hayamos acostado. Desgraciadamente, ver que te habías marchado cuando me desperté me dejó un sabor amargo en la boca.

–Igual que me pasó a mí cuando bajé y vi que habías firmado los papeles del divorcio.

–Los firmé anoche después de que me dejaras en el sofá, solo y deseándote una vez más. Te aseguro que hacerte el amor en la ducha a las tres de la mañana no estaba entre mis planes entonces.

Julianne sacudió la cabeza.

–No importa, Heath. Los dos sabemos qué es lo que tenemos que hacer. Lo que debíamos haber hecho hace ya mucho tiempo. Siento haberlo demorado tanto. No fui considerada al hacerte pasar por eso. Los papeles ya están firmados y enviados. Está hecho. Ahora, podemos relajarnos. No tenemos que pelearnos por ello. Ya no hay presión y nos podemos centrar en la granja y en ayudar a papá a que se recupere.

–Tienes razón. Has hecho exactamente lo que te pedí. Pero no comprendo lo que pasó anoche ni por qué te marchaste como una delincuente esta mañana.

Julianne lo miró. Tener una relación con él resultaba tan complicado... Lo deseaba, pero no podía tenerlo. No cuando la verdad sobre lo ocurrió con Tommy aún seguía cerniéndose entre ellos. Julianne tampoco quería que nadie lo tuviera, pero se sentía culpable al impedirle alcanzar la felicidad. Sin embargo, dejarlo marchar no parecía hacerlo feliz tampoco. ¿Qué se suponía que tenía que hacer?

–No deberíamos sacar demasiadas conclusiones de lo que ocurrió anoche –le dijo por fin–. Fue sexo. Solo sexo. Un sexo estupendo que nos debíamos hacía ya mucho tiempo. No lamento haberlo hecho.

–¿Te pareció que el sexo estuvo genial? –preguntó él con una sonrisa en los labios.

–Sí, estuvo genial. Sin embargo, no tiene por qué cambiar nada ni tiene que significar nada. Nos sentimos atraídos el uno por el otro.

–¿Significa eso que quieres continuar con esta... esta relación?

–Estoy diciendo que los dos somos adultos y que lo ocurrido fue tan solo algo físico. Lo que me contuvo en mi juventud ya no tiene peso ahora, así que tal vez.

El camarero se acercó a la mesa con dos enormes fuentes que contenían una selección de diversos tipos de *sushi*. Mientras el camarero lo colocaba todo sobre la mesa, Heath no podía dejar de mirar a Julianne. Le recorría el rostro y el escote con su cálida mirada, como si fuera una caricia. Ella sintió que se sonrojaba.

Cuando el camarero desapareció, Heath dijo:

−¿Quieres que tengamos una aventura?

Tal vez era lo que necesitaban. Una vía de escape para su tensión sexual. Tal vez así ella podría saciar el deseo que sentía por Heath. Él no tendría que saber nunca lo que pasó con Tommy aquella noche ni lo que ocurrió durante su noche de bodas. Se lo podría compensar todo durante aquellas semanas.

Julianne sonrió y agarró los palillos para empezar a comer. Tomó un trozo del plato y se lo metió en la boca sin dejar de mirarle. No dejó de hacerlo cuando se descalzó y levantó un pie para buscarle la pierna por debajo de la mesa. Heath abrió los ojos de par en par al sentir los dedos de los pies de Julianne en el tobillo. Ella empezó a subirlos poco a poco, acariciándole las pantorrillas. Cuando llegó a la parte interior del muslo, él se había tenido que agarrar a la mesa.

Julianne siguió masticando la comida como si nada.

−Es mejor que comas un poco. No puedo terminarme todo este *sushi* yo sola −le dijo con una inocente sonrisa.

−Jules… −susurró él, cerrando los ojos mientras absorbía las sensaciones que le provocaban los dedos–. Jules, por favor… Está bien. La respuesta es sí. Ahora, o cenamos o nos marchamos, pero te ruego que te vuelvas a poner el zapato. Es un largo trayecto en coches separados. No me tortures.

Las siguientes semanas transcurrieron sin problemas. El caos surgido de verse juntos después de tanto tiempo separados fue disipándose. Su padre regresó a casa e iba a progresando adecuadamente bajo los cuidados de la enfermera. Jules tenía por fin un taller completamente funcional con su nuevo horno y las piezas para la exposición iban progresando bien. Durante el día, trabajaba con Molly en la tienda, hacían guirnaldas y adornos diversos y se ocupaban del papeleo que la granja generaba. Por las tardes, trabajaba en su arte.

Heath hacía más o menos lo mismo. Durante el día trabajaba en los campos con Owen. Por las tardes, cuando caía el sol, trabajaba en su ordenador para tratar de mantenerse al día con los correos electrónicos y otros asuntos de su empresa. Todo parecía ir bien.

La mayoría de las noches, Julianne se metía en su cama. Algunos de sus encuentros eran febriles y precipitados, otros largos y tranquilos que se prolongaban hasta primeras horas de la mañana. Hizo realidad todas sus fantasías en lo que se refería a Julianne. Se sació por completo de ella para no tener nada de lo que lamentarse cuando todo aquello hubiera terminado.

A pesar del ritmo cómodo que habían establecido, las cosas no eran tan sublimes como parecían. No tenía una relación con Julianne. Lo que
había entre ellos era algo físico, algo en lo que Julianne había levantado una fuerte barrera para
mantener controlados sus sentimientos. Ella le
ocultaba algo, igual que había hecho siempre. Jamás hablaban del matrimonio, del pasado ni del
futuro. Ella evitaba el contacto físico casual con él
a lo largo del día. Cuando llegaba la noche, todo
cambiaba.

Una noche, Heath acababa de salir de la ducha
después de un largo día de trabajo en los campos
cuando su teléfono móvil comenzó a sonar. Al to-
marlo, frunció el ceño. Era Nolan.

–Lo siento –comenzó Nolan–. Tenía que llamarte.

–¿De qué se trata?

–Hoy me ha llamado *madame* Badeau. Y ayer
también. Y la semana pasada. Por alguna razón
debe de pensar que tu asistente personal la está
mintiendo sobre el hecho de que no estás en tu
despacho. Hoy ha montado un buen número y
luego insistió en hablar conmigo.

–¿Y qué es lo que quiere?

–¿Aparte de a ti? –replicó Nolan con sorna.

–Más que a mí.

–Quiere que vayas a París este fin de semana.

–¿Cómo? –gritó Heath. Era miércoles. ¿Estaba
loca aquella mujer?–. ¿Por qué?

–No le gusta la campaña que hemos preparado

para Europa. Tú y yo sabemos que le dio su aprobación y que parecía contenta cuando se la presentamos, pero ha cambiado de opinión. Se trata de una modificación del último minuto y quiere que tú estés allí personalmente para ocuparte de todo. Quiere que se vuelva a grabar el anuncio, que se reimprima la publicidad… Todo. Te quiere a ti y a nadie más. Lo siento mucho, pero no hay manera de conseguir que cambie de opinión. Le dije que tu ausencia se debía a una urgencia familiar, pero a ella le dio igual. Lo único que dijo fue que enviaría su avión privado para acelerar el viaje y devolverte a tu casa tan pronto como fuera posible. Insistió que, como mucho, se trataría de un fin de semana.

Por mucho que a Heath le gustaría decirle a Cecilia lo que podía hacer con su avión privado, necesitaban su cuenta. Les daba muchos beneficios. Si ella se echaba atrás y se buscaba otra empresa de publicidad, el resultado sería catastrófico. No solo sería que perderían su cuenta, sino que otras podrían preguntarse por qué se había marchado ella y podrían considerar seguir su ejemplo. No se podía estropear algo tan importante. Eso significaba que Heath tendría que ir a París.

–En ese caso, lo mejor es que haga las maletas.

–Julianne también tiene que hacer las maletas.

–¿Cómo?

–Cuando traté de convencer a esa mujer para que no tuvieras que ir tú a verla, le dije que tu suegro había tenido un ataque al corazón y que Ju-

112

lianne y tú habíais tenido que ir a su granja. Pensé que si le recordaba lo de tu esposa y la grave situación en la que os encontrabais, ella cedería. Pensé que se comportaría como una persona razonable. Entonces, insistió en que Julianne te acompañara a París. Además, resultaría sospechoso que no quisieras que ella te acompañara. Entre tú y yo, creo quiere ver a la competencia en carne y hueso –Heath lanzó un gruñido–. Además, míralo por el lado bueno. Los dos pasareis un agradable fin de semana en París.

–Está bien –dijo–. Puedes comunicarle que allí estaremos.

Con un profundo suspiro, se levantó de la mesa de la cocina y fue a llamar suavemente a la puerta del estudio de Julianne. Tenía que convencerla de que le acompañara.

–Entra...

Heath abrió la puerta.

–Tengo que decirte algo, Jules.

Julianne frunció el ceño y dejó sobre la mesa la herramienta que había estado utilizando.

–No parece que se trate de nada bueno.

–Depende de cómo lo mires. Tengo que hacer un viaje de trabajo. Es una larga historia, pero necesito que me acompañes. ¿Tienes el pasaporte en regla?

–Sí. Lo renové el año pasado. ¿Adónde tienes que ir por trabajo?

–A París. No tengo elección. Se trata de una cuenta muy importante y la clienta solo quiere trabajar conmigo. Es algo temperamental. Tengo que llevarte a París para que me acompañes.

—Supongo que eso significa que a la francesa esa le gustas.

—Así es. Tuve que decirle que estaba casado para que me dejara en paz.

—¿Sabes que estamos casados? —replicó ella.

—Tenía que decírselo. Si la rechazaba sin ninguna buena razón, podría haberse negado a darnos su cuenta. También se lo tuve que decir a mi socio. Si no te llevo, resultaría algo sospechoso. Se supone que estamos felizmente casados.

—¿Qué significa eso cuando lleguemos allí?

Heath tragó saliva.

—Exactamente lo que estás pensando. Tenemos que comportarnos en público como un matrimonio. Tenemos que llevar anillos, mostrar afecto y hacer todo lo que podamos para convencer a mi cliente de que nuestra relación es sólida. Aquí no se enterará nadie —añadió.

—Creo que podré soportar fingir estar enamorada de ti unos cuantos días a cambio de todo eso. Sin embargo, debemos dejar muy claras algunas cosas. Todo esto será solo para proteger tu negocio. Nada de lo que digamos o hagamos será considerado prueba de existan sentimientos entre nosotros. Cuando regresemos a casa, el tiempo se nos habrá terminado. Considera este viaje como un broche de oro a nuestro matrimonio.

Capítulo Nueve

–¿Te has acordado de traer el anillo de boda?

Julianne se detuvo en seco en el vestíbulo de J´Adore y comenzó a rebuscar en el bolso.

–Lo he traído, pero se me olvidó ponérmelo. ¿Y tú?

Heath levantó la mano izquierda y meneó los dedos.

–Aquí lo tengo.

Julianne por fin localizó el pequeño estuche de terciopelo que contenía su alianza de bodas. Aquel anillo llevaba metido en el estuche desde el día en el que regresaron de su viaja a Europa. Se colocó la alianza en el dedo y guardó el estuche.

–Bien, ¿lista? Esta será nuestra primera aparición pública de casados.

–Haré lo que pueda –dijo ella.

Heath asintió y le tomó la mano.

–Vamos. Terminemos con todo esto.

Cuando llegaron a la puerta del despacho, esta se abrió inmediatamente.

–¡*Bonjour, monsieur* Langston!

La mujer iba vestida con un traje de pantalón que le sentaba estupendamente. A pesar de que estaba ya cerca de los sesenta años, *madame* Badeau tenía una figura envidiable.

Heath le soltó la mano a Julianne para darle un abrazo a *madame* Badeau y depositarle un beso en cada mejilla.

—Estás fantástica, como siempre, Cecilia.

—Adulador —dijo la mujer con una sonrisa. Entonces, aún con el rostro de Heath entre las manos, dijo algo en francés que Julianne no pudo entender. Entonces, la miró a ella—. Y usted debe de ser *madame* Langston. Julianne. *Oui?*

—Sí —repuso ella—. Gracias por permitirme que acompañara a Heath en este viaje. No habíamos regresado a París desde que él me confesó su amor al pie de la Torre Eiffel.

Cecilia se colocó una mano sobre el corazón y suspiró.

—Estoy segura de que fue un momento maravilloso. ¡Deben ir a cenar allí esta noche! Haré que Marie, mi asistente personal, lo organice todo.

—No es necesario, Cecilia. He venido para trabajar. Además, sería imposible conseguir una reserva con tan poco tiempo.

—Estás en París, Heath. Debes divertirte. Debe haber tiempo para el vino y la conversación. Para dar un paseo a lo largo del Sena. Cenaréis allí esta noche. El dueño es un buen amigo mío. Alain se asegurará de encontraros un hueco. ¿Os parece demasiado temprano a las ocho en punto?

—Eso sería maravilloso —dijo Julianne antes de que Heath pudiera protestar. La última vez que estuvieron en París ni siquiera se pudieron permitir subir hasta lo más alto de la Torre Eiffel, y mucho menos cenar en un restaurante. Aprovecharía la situación–. *Merci, madame.*

Cecilia le indicó a Marie que lo organizara todo.

–Ahora, ocupémonos de los negocios para dar luego paso al placer. Heath, tu director artístico ha organizado una segunda sesión de fotos hoy mismo. Solo tardaremos unas pocas horas. Mientras nosotros estemos ocupados, tal vez tu esposa querría relajarse en nuestro lujoso spa…

Julianne estaba a punto de protestar, pero Heath se le adelantó.

–Eso sería una idea maravillosa –dijo–. Jules, el spa de J´Adore es famoso en el mundo entero. Mientras yo soluciono esto, tú puedes disfrutar de unas horas de cuidados y mimos para estar lista para cenar. ¿Qué te parece?

Había pensado que Heath no quería estar a solas con Cecilia, pero aquello no parecía importarle. Tal vez su aparición ya había hecho que la empresaria comenzara a portarse de un modo diferente.

–*Très bien* –dijo Julianne con una sonrisa.

Cecilia tomó el teléfono y le concertó una cita. Minutos más tarde, Marie apareció para acompañarla al spa. Julianne recordó a tiempo su papel como amante esposa y se inclinó sobre él para darle un apasionado y apropiado beso a la vez. En el momento en el que sus labios se rozaron, el deseo ya familiar se apoderó de ella.

Heath supo instintivamente que la empresaria ya no le perseguiría, aunque no estaba del todo seguro qué era lo que había provocado su cambio de actitud.

Cuando estaban repasando las fotografías, Cecilia se inclinó sobre él y le dijo:

–Veo que quieres mucho a Julianne.

–Ella fue la primera y tal vez la última mujer que yo ame. El día en que me dijo que se casaría conmigo, fue el más feliz de toda mi vida –dijo con sinceridad.

–Veo algo entre los dos que no contemplo con frecuencia. Tenéis algo raro y muy valioso. Debéis tratar vuestro amor como lo más valioso que poseeréis nunca. No dejéis que se os escape porque si no, os arrepentiréis toda la vida.

Cecilia pronunció aquellas palabras con un tono de voz que convenció a Heath de que ella conocía de primera mano de lo que estaba hablando. Sin embargo, no comprendía lo que ella veía en su relación con Julianne. Podría ser la pasión, la nostalgia del pasado compartido. Sin embargo, no poseían ese amor tan maravilloso del que Cecilia hablaba. Un amor así habría sobrevivido todos esos años.

La conversación terminó y también su jornada de trabajo. Julianne le había enviado un mensaje para decirle que regresaba al hotel y que se reuniría allí con él para ir a cenar. Cecilia les había reservado una suite en el hotel George V, justo al lado de los Campos Elíseos.

Abrió la puerta de la habitación y se encontró a Julianne sentada sobre una enorme cama, abrochándose la hebilla de los zapatos. La mirada de Heath recorrió la hermosa pierna hasta el vestido de color nude que ella llevaba puesto. Se le ceñía perfectamente al cuerpo y llegaba a dar incluso la sensación de que iba desnuda, tanto se asemejaba el color de la tela al de la piel de Julianne.

Ella se puso de pie y se giró lentamente para que Heath pudiera admirar el vestido y los altísimos zapatos.

—¿Qué te parece?

—Es… muy bonito.

—Bueno, terminé pronto en el spa, por lo que decidí irme de compras. No me puedo creer que me haya gastado tanto dinero, pero después de tantos tratamientos de belleza, me sentí libre e indulgente por una vez en mi vida.

—Merece la pena cada céntimo que te hayas gastado. Ahora soy yo el que no está vestido para la ocasión. Dame unos minutos y estaré listo.

Heath no tenía esmoquin, pero sacó su mejor traje de Armani y una camisa de seda color marfil que haría juego con el vestido de Julianne. Se duchó rápidamente y se vistió.

Bajaron al vestíbulo. Allí comprobaron que el conductor ya los estaba esperando en un Bentley de color negro que los condujo rápidamente a la

Torre Eiffel. Allí, el conductor los escoltó a la entrada reservada para los invitados al restaurante Julio Verne.

No tardaron en estar sentados en una mesa para dos junto a la ventana, desde la que podían admirar todo París. La vista era maravillosa y romántica. Pidieron vino y el menú degustación.

Habían pasado juntos las últimas semanas. Habían compartido la cama casi todas las noches, pero no lo habían hecho en París, la ciudad en la que se enamoraron. París podía cambiarlo todo.

Julianne condujo a Heath hacia el césped que se extendía a los pies de la torre. Él se colocó junto a ella. No pasó mucho tiempo antes de que la torre se quedara a oscuras y un baile espectacular de luces comenzara a iluminar la estructura de acero. Heath rodeó los hombros de Julianne con un brazo. Ella se dejó abrazar, suspirando de felicidad.

Las luces se detuvieron por fin. Julianne se giró para mirar a Heath y descubrió que él la estaba observando a ella en vez de a la torre. En ese momento, vio algo en sus ojos que no pudo comprender. Sabía lo que quería ver. Lo que quería que ocurriera. Que Heath la tomara entre sus brazos y la besara con pasión. Que dijera que la amaba y que no quería divorciarse de ella.

Sin embargo, la luz que había en los ojos de él desapareció. Le ofreció a Julianne cortésmente el brazo y juntos tomaron el camino que los conduciría al Sena. Julianne se tragó su desilusión y trató de centrarse en los aspectos positivos de la tarde en vez de en la fantasía que se había construido en el pensamiento.

Se detuvieron en un puente y observaron la luna reflejándose en el agua. Heath estaba a su lado. Por primera vez en mucho tiempo, Julianne sintió una extraña sensación de paz. No había nadie haciéndoles preguntas, ni familiares a los que agradar, ni proyectos sin terminar ni hombres muertos que la acosaran en sueños. Estaban solos los dos en la ciudad más romántica del mundo.

Tenía que disfrutar al máximo del tiempo que les quedara y disfrutar de los deseos de su corazón. Aquella noche, pensaba disfrutar de la enorme cama de la suite. Quería la noche apasionada y romántica en París que no habían podido disfrutar cuando eran jóvenes y estaban enamorados.

Miró a Heath. Él la estaba observando con una tristeza muy similar. Probablemente pensaba también que estaban enterrando su matrimonio en el lugar en el que todo empezó. Eso era lo mejor. Apreciar lo que habían compartido y dejarlo marchar de una vez por todas.

Apretó su cuerpo contra el de él y, con la ayuda de sus altos zapatos de tacón, inclinó la cabeza para susurrarle al oído:

–Llévame a casa.

Capítulo Diez

Heath abrió la puerta de su suite para que Julianne pudiera pasar. En el salón, había una botella de champán puesta a enfriar en una cubitera de hielo. Tenía una nota. Julianne la despegó y la leyó.

–*Madame* Badeau nos ha enviado una botella de champán. No es la leona sobre la que tanto me habías advertido, Heath.

–Esta tarde me dijo que veía que el amor que nos teníamos era algo raro y muy valioso –dijo él mientras se quitaba la americana y se aflojaba la corbata.

–Vaya, sí que la hemos engañado bien. Creo que por fin te va a dejar en paz.

Julianne se tragó el nudo que se le había hecho en la garganta y dejó la tarjeta sobre la mesa. Una mujer que los había visto juntos tan solo un rato era capaz de ver lo que Heath se negaba a admitir.

–El botín va para el ganador –replicó ella tratando de no teñir la voz de amargura–. Abre la botella.

Heath se acercó para quitársela de las manos. Ella se ocupó de tomar las dos copas de cristal y de acercarlas cuando la botella estuvo abierta para que él pudiera servirlas.

Cuando Heath terminó de servir las copas, la miró. Julianne, en vez de acercarse, sonrió y dejó que el chal dorado cayera al suelo. Entonces, se llevó las manos a la cremallera que tenía en el costado y se la bajó hasta la cintura. Dejó al descubierto que no llevaba ropa interior.

En el momento en el que Heath comprendió lo que ella le estaba insinuando, tragó saliva y la miró a los ojos con el deseo dibujado en los suyos. Tal vez ya no la amara, pero seguía deseándola.

Julianne se dio la vuelta y se dirigió al dormitorio. Con las yemas de los dedos se agarró el bajo del vestido y se lo sacó por la cabeza. El cabello se le levantó para caerle de nuevo por la espalda como una cascada.

Heath la había seguido hasta el dormitorio. Seguía con las copas en las manos, como si quisiera así mantener el control. Julianne se acercó a él, desnuda a excepción de las joyas y los zapatos y se detuvo justo delante de él. Extendió la mano para tocarle suavemente el cuello de la camisa. Con ágiles dedos, le desabrochó los botones y le colocó las manos en el torso. Entonces, tomó una de las copas y la levantó a modo de brindis.

—Por París —dijo.

—Por París —repitió él. No bebió. Simplemente observó cómo lo hacía Julianne

—Mmm… Está muy bueno, pero yo sé lo que haría que fuera aún mejor.

Se apoyó sobre Heath y le vertió el champán por el cuello. Entonces, con rapidez, lamió las gotas que le caían por la garganta y se le acumulaban en la clavícula. Dejó que la lengua le recorriera el cuello y sintió cómo un profundo gruñido de placer le hacía vibrar la garganta.

–¿Te gusta? –le preguntó ella.

–Sí… –susurró él mientras le rodeaba la cintura desnuda con un brazo para estrecharla contra su cuerpo.

Entonces, Heath dio un sorbo de su champán y la besó. Julianne sintió cómo la boca se le llenaba de espumoso. Lo hizo bailar con la lengua antes de tragarlo. Las bocas no se separaron mientras Heath comenzó a empujarla lentamente hacia la cama. Allí, la hizo tumbarse sobre la sedosa colcha.

Tras observar el cuerpo de Julianne lleno de deseo, se quitó la camisa. Después, vertió lo que le quedaba de champán en el valle que se le formaba entre los senos y bajó inmediatamente la cabeza para beberlo. Deslizaba sensualmente la lengua por el esternón, acariciando las delicadas curvas de los senos. Con el dedo, recogió el champán que se le había acumulado en el ombligo para luego frotárselo por los pezones. Se los bañó en el dorado líquido para luego beber de su piel hasta la última gota.

Julianne se arqueaba para recibir las caricias de boca y manos, animándolo a seguir. Dejó su copa, ya vacía, sobre la colcha, y le hundió los dedos en el cabello para poder besarlo. Heath se resistió y siguió bajando hacia el vientre para terminar con el champán que le esperaba allí. Julianne ansiaba que él le acariciara todo su cuerpo de aquel modo y él se lo concedió.

Heath le colocó las manos en la parte interna de los muslos y se los separó. Cuando la boca de él encontró el centro de su feminidad, Julianne se agarró con fuerza a la colcha y se dejó llevar por las caricias que le proporcionaba la lengua en la sensible piel. Comenzó a emitir unos gemidos ahogados de placer que aumentaron cuando él le introdujo un dedo y consiguió que alcanzara el clímax.

–Heath… –musitó ella mientras el cuerpo se le retorcía de placer. No hubiera querido alcanzar el orgasmo aquella noche sin él, pero Heath no le había dado opción.

Cuando abrió los ojos, vio que Heath se colocaba de nuevo encima de ella. Se había terminado de quitar la ropa y su piel se deslizaba completamente desnuda sobre la de ella. Un instante más tarde, ella sintió la firmeza de su deseo apretándose contra los muslos. Extendió las manos y le acarició suavemente las mejillas. Lo besó y se perdió en él. En vez de miedo, en los brazos de Heath sentía paz y comodidad. Cuando él se irguió sobre ella y la llenó con su cuerpo, Julianne volvió a gemir de placer. Lo necesitaba.

Separó las piernas y lo acogió, dejando que él se hundiera completamente en ella. Quería estar tan cerca de él como pudiera. El tiempo se les estaba acabando y quería disfrutar de aquel momento para tenerlo dentro de sí durante toda la eternidad.

A medida que el ritmo fue acrecentándose, Heath apartó los labios de los de ella y hundió el rostro en su cuello. El cuerpo de Julianne, que instantes antes estaba completamente saciado y agotado, volvió a cobrar vida. El clímax fue formándose dentro de ella, obligándola a tensarse. El cuerpo de Heath estaba tan tenso como el de ella. Una ligera capa de sudor le cubría la piel.

–Yo… jamás he deseado a una mujer tanto como te deseo a ti, Julianne. Solo tú… Yo solo te he deseado a ti…

Al escuchar aquellas palabras, Heath se movió dentro de ella como jamás lo había hecho antes. Antes de que pudiera pensar qué significaba aquello, su cuerpo le sacó de dudas. Experimentó un potente orgasmo, que explotó dentro de ella haciéndola experimentar un enorme placer. Gimió y gritó y se abrazó a él con fuerza.

–Julianne… –susurró él mientras su cuerpo temblaba con su propio clímax.

Con el rostro de Heath apoyado contra el cuello y los corazones de ambos latiendo al unísono, ella quiso decir las palabras. Era el momento adecuado para decirle que lo amaba. Que quería olvidarse del divorcio y estar con él. Confesarle la verdad sobre lo ocurrido en su noche de bodas y explicarle que no había sido por falta de amor hacia él, sino porque estaba demasiado dañada como para poder entregarse a nadie.

Sin embargo, sabía que decirle la verdad le daría más daño. Heath siempre se había culpado por no haber podido protegerla. Si Heath supiera que el final había llegado demasiado tarde para Tommy porque este ya le había arrebatado la inocencia antes de que él los encontrara se sentiría completamente destrozado. Si él supiera la verdad, no la trataría con amor y pasión, sino como a una víctima. ¿Podría hacerle el amor sin pensarlo?

Julianne cerró los ojos. Guardaría silencio. No se lo podía decir ni a él ni a nadie. Prefería que él creyera que era una mujer inestable y mimada que no sabía lo que quería.

Heath se tumbó de costado y la abrazó. Incluso en aquel momento estaba protegiéndola. Por eso, no podía saber nunca que aquel día había fallado.

Realizaron el trayecto desde Hartford hasta Cornwall en completo silencio. Heath no comprendía qué era lo que le pasaba a Julianne, pero ella apenas había hablado desde que despegaron de París aquella mañana.

Aparcaron frente al granero. Había sido un día muy largo. Allí aún lucía el sol, pero en París ya era noche cerrada. Los dos estaban muy cansados.

–¿Qué es eso? –preguntó.

Julianne no respondió, no tenía que hacerlo. Sobre la mesa había un sobre muy parecido al de los papeles de divorcio. Lo único que aquello podía significar era que los treinta días habían pasado. El juez habría firmado los papeles y el abogado se los mandaba para que los guardaran.

Ya estaban divorciados.

Él lo había pedido. La había animado e incluso obligado a hacerlo. Ya tenía lo que quería, pero jamás había sentido tanta frustración.

Dejó las bolsas en el suelo y fue a tomar el sobre. Iba dirigido a Julianne, pero él lo abrió.

Rápidamente confirmó sus sospechas. Con tristeza, volvió a dejar los papeles sobre la mesa.

–Bienvenida a casa –dijo con voz seca.

–El tiempo ha pasado muy rápido, ¿verdad?

–El tiempo vuela cuando uno se divierte.

Julianne asintió. Tenía los ojos entornados y un gesto serio en la boca. No parecía estar divirtiéndose. Tampoco parecía contenta con él, aunque Heath no sabía cuál era el problema.

–Julianne…

–No digas nada, Heath. Esto es lo que queríamos. Sé que las últimas semanas han enturbiado las aguas entre nosotros, pero eso no cambia el hecho de que no deberíamos estar casados. No estamos destinados a estar juntos a largo plazo. Como dijiste, nos estábamos divirtiendo. Nada más.

–Sí… –musitó él.

Julianne se acercó a él y se quitó la alianza del dedo. Los dos aún las llevaban puestas después del fin de semana en París. Ella colocó el anillo encima de los papeles.

–Ya no las necesitamos.

–¿Y ahora qué? –preguntó él. ¿Significaba el divorcio que su aventura también terminaba? Aún tenían que pasar las Navidades y seguirían juntos unas semanas.

–Creo que ya ha llegado el momento de que yo vuelva a la casa grande.

–¿Por qué?

–Ayer hablé con mamá y dijo que la enfermera se marcha mañana. Han podido trasladar la cama de papá a la planta de arriba, lo que significa que puedo recuperar mi dormitorio.

–Tu estudio está aquí.

–Sí, pero dadas las circunstancias, creo que sería mejor que pusiéramos distancia entre nosotros.

–¿Por qué siempre ocurre lo mismo cuando nuestra relación parece ir más en serio?

–No estoy huyendo –replicó ella–. No hay nada de lo que huir, Heath. Tal y como yo lo comprendí, solo nos estábamos divirtiendo un poco. No sé si eso se puede denominar relación.

Estaba mintiendo y Heath lo sabía. Julianne sentía algo por él, pero no quería confesarlo. No había cambiado nada en todos aquellos años. Ella seguía amándolo, pero se negaba a admitirlo. Siempre se apartaba cuando importaba. Él no le había confesado que también sentía algo por ella, pero, ¿qué necio lo haría? Ya lo había hecho en una ocasión y había salido trasquilado.

–¿Por qué me da la sensación de que siempre me estás mintiendo? Ni entonces ni ahora me cuentas toda la verdad.

–Eso no es cierto. Me conoces demasiado bien para que te pueda mentir.

–Eso diría yo y, sin embargo, me miras a los ojos y me dices que solo nos estábamos divirtiendo. Nos hemos acostado muchas veces en las últimas semanas, pero esa no es la única barrera que he derribado contigo. Sigues guardando secretos.

–Y tú también, Heath.

–¿Como cuáles? –le preguntó él riendo.

–Como la verdadera razón por la que querías divorciarte de mí.

–¿Y qué fue exactamente lo que dije que fuera una mentira?

–Tal vez no fue una mentira, pero has mantenido en secreto la relación con esa otra mujer mientras te pasabas las últimas semanas acostándote conmigo. Ahora ya estás libre para marcharte con ella al Caribe.

–¿De qué mujer hablas?

–A la que llamaste cielo aquel día que estabas hablando por teléfono.

–¿Te refieres a mi secretaria, que tiene sesenta años? –replicó él con una carcajada–. Sabía que estabas escuchando la llamada.

–¿De verdad esperas que me crea que tu secretaria es una mujer de más edad que nuestra madre?

–Deberías. Le gusta que flirtee con ella, por lo que la llamo toda clase de nombres cariñosos. Le dije que si defendía el fuerte mientras yo estuviera fuera, le daría una paga extra lo suficientemente grande como para que pudiera pagarse las vacaciones que tanto desea en el Caribe con sus nietos. Sin mí. ¿De verdad crees que podría haber estado conmigo teniendo otra mujer?

–Entonces, ¿por qué querías el divorcio? Viniste aquí exigiéndomelo. Pensé que era porque querías estar con otra mujer.

–No hay ninguna otra mujer, Jules. ¿Cómo iba a haberla? No iba a ir en serio con ninguna mujer mientras estuviera casado contigo. No sería justo para ella igual que no lo fue para el que estuvo a punto de convertirse en tu prometido. Juegas con los hombres, pero no tienes intención de dar ni la mitad de lo que aceptas. Tienes razón. Menos mal que esto solo fue para divertirnos y pasar el tiempo. Sería un idiota si hubiera pensado otra cosa y hubiera vuelto a creerme tus juegos por segunda vez.

–¡Cómo te atreves! No sabes nada sobre mis relaciones. No sabes nada de lo que he tenido que pasar en mi vida.

–Tienes razón. Y eso es porque nunca me has dicho nada.

–Siempre he sido todo lo sincera que he podido contigo, Heath.

–¿Sincera? Claro. Entonces dime la verdad sobre lo que ocurrió en nuestra noche de bodas, Jules. La verdad. Nada de historias inventadas como que cambiaste de opinión. ¿Por qué?

Julianne se tensó. Los ojos se le llenaron de lágrimas.

–Cualquier pregunta menos esa…

–Esa es la única pregunta que quiero que me respondas. Me he pasado once años preguntándome cómo podías amarme y luego, sin previo aviso, huías de mí. Dime por qué. Me merezco saberlo.

–No puedo hacerlo…

–En ese caso tienes razón, Jules. No deberíamos estar casados. Me alegro de que por fin nos hayamos quitado de encima esa farsa de matrimonio. Tal vez ahora pueda seguir con mi vida y encontrar a una mujer que me deje compartir la vida con ella en vez de convertirme en un mero espectador.

–Heath, yo…

–Lo único que deseé siempre fue que me dejaras formar parte de tu vida. A lo largo de los años, te he dado mi corazón y mi alma. He mentido por ti. Te he protegido. Habría ido a la cárcel antes de permitir que alguien te pusiera la mano encima y puede que aún tenga que hacerlo si el sheriff Duke sigue insistiendo. Lo haría con gusto. Incluso aunque no entiendo por qué ni te entiendo a ti, Jules. ¿Por qué mantienes las distancias conmigo? Incluso cuando estamos juntos en la cama me mantienes alejado de ti y me ocultas tus secretos. ¿Soy yo o tratas a todos los hombres del mismo modo?

Julianne lo miró y, en aquella ocasión, no pudo contener las lágrimas.

–No… Solo a ti –susurró ella. Entonces, se dio la vuelta y se marchó sola a su dormitorio.

Capítulo Once

Julianne estaba sentada en la cama observando su equipaje. Aquella mañana se mudaría a la casa grande, que era su lugar. Le rompía el corazón, pero tenía que hacerlo. Los dos estaban divorciados. No importaba lo mucho que lo amara. Heath se merecía ser feliz. Se merecía su libertad y la oportunidad de estar con una mujer que pudiera darle todo lo que quisiera.

Por mucho que lo deseara, ella jamás sería esa mujer. Siempre tendría secretos.

Con un suspiro, se puso de pie y sacó el asa extensible de su maleta. Había llegado casi a la puerta de su dormitorio cuando oyó que alguien llamaba con fuerza en la puerta principal.

Dejó el equipaje en la habitación y bajó a ver de qué se trataba. Pudo comprobarlo en cuanto llegó al rellano.

–Voy a tener que llevármela a la comisaría para interrogarla.

–¿Por qué? Ya ha hecho usted mil preguntas. ¿Qué quiere preguntarle a ella?

El sheriff estaba en la puerta. Su aspecto resultaba más amenazador que nunca.

–Tengo que hablar con ella. También necesitamos una muestra de cabello.

Heath miró por encima del hombro al percatarse de la presencia de Julianne. Ella estaba al pie de las escaleras, observándolo todo.

–Hágale aquí todas las preguntas que quiera. Además, para lo del cabello queremos una orden. Si no, tendrá que detenernos a los dos.

–No puedo detenerte a ti porque me lo pidas, Heath.

–Bien. En ese caso deténgame porque yo maté a Tommy.

Duke lo miró asombrado un instante, pero no lo dudó. Sacó inmediatamente las esposas.

–Está bien. Heath Langston, quedas detenido por el asesinato de Thomas Wilder. Tienes derecho a...

Duke le colocó las esposas en las muñecas y se lo llevó al coche patrulla.

–No les digas nada, Jules –oyó ella que él decía antes de que cerraran la puerta.

Duke regresó a por Julianne. Comenzó de nuevo su discurso y se sacó un segundo par de esposas. Ella permaneció en silencio mientras él le ajustaba el aro de metal. Después, la llevó al coche patrulla y la hizo sentarse al lado de Heath.

Realizaron el trayecto a la ciudad en silencio. Cualquier cosa que dijeran podría ser utilizada en su contra. No fue hasta que se encontraron en salas de interrogatorio separadas cuando Julianne se empezó a poner nerviosa.

Pasó una hora. Dos… No tenía reloj, pero estaba casi segura de que habían pasado cuatro horas cuando el sheriff Duke entró en la suya con un montón de papeles en la mano.

–Heath nos dijo muchas cosas, Julianne –observó él tras sentarse frente a ella

–¿Sobre qué? –replicó ella tan inocentemente como pudo.

–Sobre el asesinato de Tommy.

–No sé por qué iba a decir algo así.

–Yo tampoco estoy seguro. Tenía una historia bastante detallada. Si no lo conociera tan bien, lo encerraría inmediatamente para terminar con este asunto.

–¿Y por qué no lo hace?

–Bueno, a pesar de que lo que me contó es una buena historia, no encaja con las pruebas. Verás. Heath me dijo que encontró a Tommy encima de ti y que le golpeó en la cabeza con una piedra para detenerlo, matándolo accidentalmente. El problema es que el forense dice que Tommy murió en el acto por un golpe en la sien izquierda.

–Pensaba que en las noticias habían dicho que Tommy tenía destrozada la parte posterior de la cabeza –dijo ella sin parpadear siquiera.

–Puede, pero no les dimos a los periodistas información crítica sobre el caso. Como tampoco les hablamos de los cabellos que habíamos encontrado.

–¿Cabello?

–Cualquiera pensaría que, después de tantos

años, las pruebas habrían sido destruidas, y en la mayoría de los casos es así. En este hemos tenido suerte. Tommy murió con unos cuantos cabellos rubios enganchados en el anillo que llevaba puesto. Normalmente, después de tanto tiempo lo único que queda son los huesos y el cabello. Parece ser que antes de morir tenía en la mano el cabello de una mujer.

–Hay muchas rubias por aquí.

–Cierto, pero Heath ya nos ha dicho que vio a Tommy encima de ti, por lo que para mí está claro a quién pertenecen.

–Usted dijo que no creía su historia.

–Dije que no encajaba con el informe del forense. Eso me ha hecho pensar que tal vez te estaba protegiendo. Muchas piezas encajaron en mi mente. ¿Por qué no nos ahorras las molestias y cuentas la verdad, Julianne? Supongo que no quieres que acuse a Heath de la muerte de Tommy, ¿verdad?

–No sería asesinato, sino muerte en defensa propia.

–No exactamente. Él no estaba siendo amenazado, solo tú. Pudo ser accidental, pero sus abogados tendrán que demostrarlo. Él pudo esperar a Tommy entre los árboles y golpearle en la cabeza sin motivo alguno.

Julianne tragó saliva. No iba a permitir que Heath cargara con la culpa de lo ocurrido. Él siempre le había dicho que no llegarían a aquel punto, pero, que si así era, no le acusarían porque la estaba protegiendo a ella. La actitud del sheriff le hacía pensar que Heath podría haberse equivocado en eso. Heath no se pasaría ni un solo día en la cárcel por protegerla a ella. Aquel asunto había durado demasiado tiempo. Evitar que fuera a prisión era más importante que proteger su ego.

–Yo maté a Tommy. Él… Él me violó –confesó, pronunciando las palabras que solo había conseguido decir en la consulta de su psicólogo–. Yo estaba haciendo mis tareas después del colegio, lo mismo que cualquier otro día. De repente, me di cuenta de que Tommy estaba allí, observándome. Al principio me asusté, pero pensé que no me haría daño. Entonces, él sacó una navaja automática y empezó a dirigirse hacia mí. Yo eché a correr, pero él me agarró por la coleta y me tiró al suelo. Inmediatamente, se tumbó encima de mí. Era muy corpulento. Más que mis hermanos. Yo solo tenía trece años y era más baja que las niñas de mi edad. No podía defenderme. Él me puso la navaja en la garganta para que no gritara. Al principio me resistí, pero él me agarró del pelo y me tiró de él con fuerza. Me dijo que si no me estaba quieta me cortaría el cuello y dejaría mi cuerpo desnudo para que mi padre me encontrara.

Las manos de Julianne habían empezado a temblar, por lo que se las colocó sobre el regazo para que las esposas no golpearan la mesa. Siguió hablando sin mirar al sheriff a los ojos.

–Yo creí que me iba a matar. A pesar de lo que me dijera, no me iba a dejar escapar para que yo se lo pudiera contar a mis padres o a la policía. Haría lo que quisiera conmigo y luego me mataría. Traté de mantenerme centrada y de ignorar el dolor. Habría sido más fácil evadirme, pero no podía. Sabía que tarde o temprano él se distraería y yo tendría entonces mi única oportunidad de escapar. Palpé el suelo. Al principio no encontré nada más que grava, pero luego toqué una piedra. Era pequeña, pero muy compacta, con un borde afilado. Él aún me amenazaba con la navaja. Yo sabía que si no le golpeaba lo suficientemente fuerte, mi vida terminaría allí mismo, pero no me importaba. Tenía que hacerlo. Levanté la mano y le golpeé en un lado de la cabeza con todas mis fuerzas.

Julianne había visto mil veces aquella imagen en sus sueños, por lo que le resultó fácil describirla incluso después de tanto tiempo.

–Los ojos se le pusieron en blanco y se desmoronó encima de mí. Yo me levanté todo lo rápido que pude, después de quitármelo de encima con gran dificultad. Al hacerlo, él cayó hacia atrás y se golpeó la cabeza con una piedra que sobresalía del suelo. Cuando vi que sangraba tanto, me entró el pánico. Le aparté la navaja de la mano con una patada y empecé a colocarme la ropa. Fue entonces cuando Heath me encontró. Esperamos a que Tommy se despertara, pero no lo hizo. Entonces, nos dimos cuenta de que se había matado al golpearse la cabeza con la piedra. Había tanta sangre en el suelo… Él me dijo que me sentara mientras iba a buscar ayuda. Regresó con los otros chicos.

Del resto ya no me acuerdo muy bien, pero oí que les decía a los otros que él había golpeado a Tommy con la piedra cuando le vio atacándome. Deberíamos haber ido a la casa o haber llamado a la policía, pero teníamos miedo. Al final, lo único que ellos querían era protegerme y así lo hicieron. Ninguno se merece meterse en líos por eso.

–¿Y la nota que dejó Tommy? ¿Y el hecho de que faltaran todas sus cosas?

–Lo hicimos nosotros –respondió ella sin mencionar específicamente a nadie–. Escondimos el cuerpo, destruimos todas sus cosas y tratamos de fingir que no había ocurrido nada.

–Eso no te sirvió a ti de mucho, ¿verdad?

–Resulta difícil fingir que no te han violado, sheriff –dijo ella mirando por fin al policía.

–Y, sin embargo, has esperado todos estos años para contar la verdad. Me parece que estás ocultando algo. Creo…

Un golpeteo continuo sobre el cristal le interrumpió.

–Vuelvo enseguida –dijo antes de salir.

Julianne no estaba segura de lo que había ocurrido, pero se alegraba de haber contado la verdad. Una parte de ella se sentía aterrorizada, pero otra estaba completamente liberada. Tal vez, por fin, todos podrían dejar de vivir con la oscura sombra de Tommy encima de sus cabezas.

***

Ciertamente se tomaban las cosas con calma. Heath llevaba horas esperando lo inevitable. Les había dicho que había matado a Tommy. Se había imaginado que las ruedas de la maquinaria de la justicia comenzarían a girar inmediatamente.

Por fin, la puerta se abrió y Jim, el ayudante del sheriff, le dijo que podía marcharse.

−¿Cómo? ¿Que me puedo marchar?

−Sí −respondió Jim mientras se acercaba a él para quitarle las esposas. Entonces, le abrió la puerta.

Heath se sentía muy confuso. Salió de la sala y se encontró a varias personas esperándolo. Una era Deborah Curtis, la hermana de Tommy Wilder. La otra era un hombre que tenía todo el aspecto de ser abogado. Heath se detuvo en seco al verlos.

Otra puerta se abrió en ese momento. De ella salió Julianne, acompañada por el sheriff Duke.

−¿Qué está pasando aquí? −preguntó Heath.

Julianne negó con la cabeza.

−No tengo ni idea. Duke me ha dicho que me podía marchar.

El hombre con aspecto de abogado dio un paso al frente.

−Me llamo Pat Richards. Soy fiscal del estado de Connecticut. Con las pruebas que tengo, con sus testimonios y con el de la señora Curtis, el estado ha optado por no presentar cargos. La situación fue trágica, pero evidentemente ocurrió en defensa propia. Mi conciencia me impide acusar a Julianne después de todo lo que pasó.

Heath frunció el ceño.

–¿Acusar a Julianne? Yo he sido el que ha confesado matar a Tommy.

Pat sonrió y asintió.

–Un acto muy noble, pero innecesario. Se han retirado los cargos. Los dos quedan libres.

El sheriff Duke sacudió la cabeza y desapareció en su despacho, donde se encerró con un buen portazo.

–Supongo que eso significa que no está de acuerdo.

–Se creía un héroe por haber desenmarañado este caso. No hay muchos delitos por aquí y eso le habría dado motivos para ser reelegido. Sin embargo, incluso sin el testimonio de la señora Curtis, no había nada sobre lo que proseguir.

–¿Qué testimonio? –preguntó Julianne.

Deborah dio un paso al frente.

–Quiero que sepas que no le guardo rencor a tu familia. Acogisteis a Tommy cuando no lo habría hecho nadie más e hiciste solo lo que tenías que hacer para defenderte. Lo comprendo perfectamente. Mi hermano empezó a desarrollar comportamientos violentos antes de cumplir los doce años. Mis padres trataron de controlarlo de todos los modos posibles. Un día, mi padre regresó temprano del trabajo y lo sorprendió atacándome.

Julianne contuvo la respiración.

–Tommy no lo consiguió, pero me habría violado si mi padre no hubiera llegado a casa. Yo no quería presentar cargos. Me sentía demasiado avergonzada. Después de eso, no se le permitió quedarse a solas conmigo. Sin embargo, el hecho de que le hubieran descubierto no evitó que siguiera metiéndose en líos. Incluso estuvo unas semanas en un reformatorio. Jamás pensé que volvería a hacerlo. Me siento fatal.

–La historia de la señora Curtis era tan parecida a la de Julianne que no había razón para no creer que Julianne no estaba diciendo la verdad. Las pruebas forenses apoyaban su versión. Ningún jurado se atrevería a condenarla. Tal vez el sheriff no esté contento, pero el único delito que se cometió aquí tuvo como autor al fallecido y, por mucho que me gustaría, no puedo acusar a un muerto de violación.

Heath se quedó algo confuso. Seguramente Pat había querido decir intento de violación. Julianne le había asegurado que Tommy no había conseguido…

De repente, lo comprendió todo con claridad. Las reacciones de Julianne. La noche de bodas… ¿Cómo no se había dado cuenta? Resultaba tan evidente todo que se sentía como un estúpido.

–Si lo hubieran sabido, los Eden podrían haberse negado a acogerlo. Ahora, si me perdonan, tengo que marcharme.

Con eso, el fiscal se fue. Después de unos incómodos instantes, Deborah se dirigió a Julianne.

–El señor Richards y yo estábamos escuchando a través del cristal mientras tú contabas tu historia. Fuiste muy valiente. Siento no haberlo sido yo. Si

142

lo hubiera sido, habría presentado cargos o habría hablado con especialistas sobre lo ocurrido y tal vez podría haber evitado que te ocurriera eso.

–Esto no es culpa suya –le dijo Julianne–. Yo también lo he mantenido en secreto. Resulta difícil decir la verdad en estos casos, aunque una no haya hecho nada malo.

–¿Sabes una cosa? Regresé a Cornwall para tratar de encontrar a Tommy, pero no estaba buscando una feliz reunión familiar. Me psicólogo me recomendó que lo encontrara para poder enfrentarme a mis temores y seguir con mi vida. Él había desaparecido, pero esperaba que estuviera en la cárcel o tal vez trabajando en algún sitio. Jamás pensé encontrarme con esto, pero creo que es mejor. Ya no tengo que tenerle miedo a Tommy. No me va a volver a hacer daño ni a mí ni a ninguna niña.

Heath se sintió muy aliviado cuando por fin salieron de la comisaría. Ya no tenían que preocuparse de que la policía pudiera ir tras ellos. Todo se había aclarado.

Al menos en parte. Tenían que explicarle lo sucedido a sus padres antes de que se enteraran por otras personas. Esperaba que el corazón de Ken pudiera soportar la noticia.

Él mismo sentía un fuerte dolor en el estómago. Le temblaban tanto las rodillas que tuvo que sentarse en los escalones. Si hubiera llegado unos minutos antes, podría haber detenido a Tommy antes de que… Suspiró y se metió las manos en los bolsillos. Había fallado a la hora de proteger a Julianne, pero no tenía ni idea del daño que se había causado. Además, al mantener lo ocurrido en secreto, la había obligado a mantener también en secreto una violación sin siquiera saberlo. Podría ser que su afán por protegerla solo hubiera empeorado las cosas… Julianne debería haber ido al médico. A un psicólogo. Debería haber podido llorar entre los brazos de su madre por lo ocurrido. No había podido hacer ninguna de esas cosas.

Julianne se sentó al lado de Heath. Pasaron varios minutos antes de que ninguno de los dos lograra articular palabra.

—Gracias —dijo ella por fin.

—¿Y por qué me das las gracias ahora?

—Por amarme. A pesar de lo que nos hemos dicho o hecho el uno al otro a lo largo de los años, siempre has estado a mi lado. Te has pasado dieciséis años de tu vida cubriéndome, incluso mintiendo a tus hermanos sobre lo que ocurrió ese día. Le has dicho al sheriff que tú mataste a Tommy sin pararte a pensar en las consecuencias. ¿Cuántas personas tienen la suerte de contar en sus vidas con alguien que esté dispuesto a hacer eso por ellos?

—Eso es lo que hacen las familias. Se protegen los unos a los otros.

—Fuiste más allá de las obligaciones familiares.

—¿Por qué no me dijiste lo que había ocurrido, Jules? Me podrías haber contado la verdad.

—No. No podía. Tú me tenías en un pedestal. No podía soportar que supieras que estaba mancillada.

–Como si lo que te ocurrió hubiera sido culpa tuya.

–No fue culpa mía, pero tuya tampoco y sé que si lo hubieras sabido, te habrías culpado. Y jamás me habrías vuelto a mirar del mismo modo. No quería perder eso. Tú eras la única persona en mi vida que me hacía sentir especial. Y yo quería seguir siendo perfecta para ti.

–¿Haciendo que yo te despreciara?

–Yo traté de apartarte de mi lado, pero tú seguías amándome. Era lo único que esperaba que cambiara en todo ese tiempo. No podía decirte la verdad, por lo que sabía que siempre existiría una barrera entre nosotros. Esperaba que tú siguieras con tu vida y que encontraras a alguien que pudiera amarte tal y como te merecías. Del modo en el que tú me amabas a mí.

Heath negó con la cabeza. Lo único que había deseado siempre era que Julianne lo amara.

–En ocasiones, sigo sin comprender lo que estás pensando, Jules.

–Lo sé –dijo ella. Le golpeó cariñosamente la rodilla antes de ponerse de pie–. Vayámonos a casa. Nos espera una larga conversación con la familia.

Heath se levantó y la siguió calle abajo. Julianne tenía razón. Él tenía en mente una importante conversación con Ken que ella ni siquiera se imaginaba.

Capítulo Doce

Todo había terminado por fin.

Julianne se puso el abrigo y salió al porche para serenarse un poco. La última hora había sido más dura que confesar la verdad ante el sheriff Duke. Mirar a sus padres a los ojos y contarles la verdad había sido muy doloroso. Por suerte, los dos se lo habían tomado mejor de lo que esperaba.

Desde donde se encontraba, contempló los árboles. Sus demonios habían quedado libres aquel mismo día y ya no podían torturarla, por ello, se dirigió a los campos del norte. Allí había sido donde estaba aquel día. Si tenía que enfrentarse a lo ocurrido, tenía que ir hasta allí.

No tardó mucho en encontrar el lugar, a pesar de que la zona había cambiado bastante. Aquellos árboles ya no escondían nada que pudiera amenazarla.

Recordó que mientras Wade escondía el cuerpo y Brody la llevaba para que se cambiara y se duchara, Heath y Xander habían limpiado la zona. La piedra con la que ella golpeó a Tommy fue arrojada hacia otro lado del bosque. Por supuesto, el charco de sangre había desaparecido.

Fue entonces cuando el primer copo de nieve le acarició el rostro. Uno seguido de miles. En cuestión de minutos, las ramas de los árboles se cubrieron de nieve. La mancha de sangre que solo existía en su pensamiento desapareció bajo el purificador manto blanco. Levantó el rostro para sentir los copos sobre su piel y respiró hondo.

Dio la espalda al lugar en el que encontró su desgracia y echó a andar por los campos.

Decidió echar a andar de nuevo hacia la granja. Cuando estaba a punto de llegar, se encontró con una piedra enorme y plana sobre la que le encantaba sentarse cuando era una niña. Desde allí, se divisaba perfectamente la granja, a pesar de que el atardecer ya estaba cerca. Las luces brillaban en la casa grande y el humo salía por la chimenea. A su lado estaba el granero, con el Porsche plateado de Heath aparcado frente a la puerta.

Heath. Su exmarido. Julianne suspiró. A pesar de que ambos habían confesado todo lo referente a Tommy, ninguno de los dos había revelado lo de su matrimonio. Era demasiado para un día y tal vez se trataba de algo que ni siquiera tendrían que contar.

Después de todo lo ocurrido entre Heath y ella las últimas semanas, en las que habían estado más unidos en todos los sentidos que en sus once años de matrimonio, resultaba más difícil olvidarse de él. ¿Cómo iba a dejar de amarlo? Once años separados no lo habían conseguido. ¿Sería su destino pasarse otros once años sufriendo por él?

En la creciente oscuridad, notó que una luz avanzaba hacia el lugar en el que se encontraba. Se trataba de alguien que se dirigía caminando hacia ella con una linterna. Sin poder evitarlo, se tensó.

Al ver que la persona en cuestión llevaba un abrigo azul muy brillante, se dio cuenta de que era Heath y suspiró.

Él se detuvo a pocos metros de distancia de la roca.

–Tu piedra te ha echado de menos.

–Afortunadamente, el tiempo es algo relativo para una piedra –comentó ella con una carcajada.

–Sé que yo no podría pasar tanto tiempo sin ti en mi vida.

–La vida no siempre sale del modo que uno piensa. Ni siquiera para una piedra.

–No estoy de acuerdo. Tal vez la vida nos ponga obstáculos en el camino, pero si uno desea algo con todo el corazón, tiene que luchar por ello. Nada que merezca la pena resulta fácil de conseguir. Tú, Julianne, has sido muy difícil.

–Me lo tomaré como un cumplido.

–Deberías –dijo él con una sonrisa–. Era mi intención. Tú mereces todos los momentos de dolor, frustración y confusión que he tenido que pasar en la vida. Y creo que hemos superado las pruebas. En cada cuento de hadas, el príncipe y la princesa tienen que superar obstáculos que refuerzan su amor. Creo que el terrible villano ha sido derrotado y yo estoy dispuesto para el final feliz.

–La vida no es un cuento de hadas, Heath. Estamos divorciados. Yo jamás he leído un cuento en el que los protagonistas se divorciaran.

–Yo prefiero un divorcio porque siempre se puede cambiar. No tenemos que seguir divorciados. Podemos derrotar a este dragón si tú quieres.

Julianne observó cómo él se metía la mano en el bolsillo del abrigo y sacaba un pequeño estuche. El corazón se le detuvo en el pecho. ¿Qué estaba haciendo? Llevaban dos días divorciados. Era imposible que fuera a…

–Heath…

–Déjame que te diga lo que quiero decirte. Cuando teníamos dieciocho años, nos casamos movidos por razones equivocadas. Nos amábamos, pero éramos jóvenes y estúpidos. No lo pensamos bien. Igualmente, creo que nos divorciamos por las razones equivocadas.

Heath se arrodilló a los pies de la piedra y la miró a los ojos.

–Te amo –prosiguió–. Siempre te he amado. No me imagino mi vida ni mi futuro sin ti. Me dolió que no me contaras la verdad y utilicé nuestro divorcio para castigarte. Ahora, comprendo por qué no me lo dijiste y me doy cuenta de que todo lo que hiciste que me hizo daño fue también tu manera de querer protegerme. Hoy en la comisaría has dicho que yo estaba dispuesto a ir a la cárcel por ti. Tenías razón. Lo hubiera hecho solo para protegerte, igual que tú estabas dispuesta a divorciarte de mí para que yo pudiera encontrar a alguien que me hiciera feliz.

–No es lo mismo…

–Resulta tan difícil escapar de una prisión que uno se impone a sí mismo –dijo. Le ofreció el estuche–. Considera esto la llave de tu prisión. Te estoy pidiendo que te cases conmigo. He ido a hablar con Ken.

–Acordamos no decirles nada sobre nosotros –susurró ella.

–No. Acordamos no decirles que estuvimos casados. No dijiste nada sobre decirle a tu padre que yo estoy enamorado de ti y pedirle que me diera su bendición para casarme contigo. Nadie tiene que saber que es nuestro segundo intento.

–¿Y qué te dijo mi padre?

–Me preguntó por qué demonios había tardado tanto y entonces me dio esto –añadió. Abrió la cajita para enseñar el anillo que ocultaba.

Julianne se quedó boquiabierta. Era el anillo de su abuela. No lo había vuelto a ver desde que era una niña.

Heath sacó el anillo del estuche y se lo ofreció.

–Ken me dijo que habían guardado ese anillo con la esperanza de que algún día fuera el de tu compromiso. Saben lo mucho que querías a tu abuela y les pareció que sería perfecto. Ahora, Julianne Eden, ¿quieres volver a casarte conmigo?

Heath estaba arrodillado sobre la fría nieve. Julianne estaba tardando demasiado en responder y no lograba interpretar la expresión de su rostro.

–Sí.

–¿Has dicho que sí?

–Sí, Heath. Me volveré a casar contigo.

Él le colocó el anillo en el dedo, pero le estaba demasiado grande.

–Lo siento… Te lo ajustaremos tan pronto como sea posible.

–No pasa nada. Me encanta –susurró ella con el rostro radiante de felicidad–. Es más que perfecto.

Se abalanzó sobre él llena de alegría e hizo que Heath cayera de espaldas sobre la nieve. Julianne estaba encima de él. Empezó a besarlo tan apasionadamente que a Heath no le importó el frío.

–Está oscureciendo. ¿Estás dispuesta a regresar a la casa y decírselo a todo el mundo?

–Por supuesto –replicó con una radiante sonrisa–. Me alegra poder darles una buena noticia para variar.

El alivio se apoderó de Heath. Acababa de desaparecer la última barrera para su felicidad.

Se levantaron del suelo y regresaron a la granja agarrados de la mano. Cuando entraron por la puerta trasera en la casa grande, Molly estaba cocinando y Ken estaba en el salón leyendo un libro.

–Mamá, ¿tienes un momento?

–Sí, claro.

–Ven al salón –le dijo Heath.

Allí, la obligaron a sentarse junto a Ken al lado de la chimenea.

–Mamá… papá… –dijo Heath.

–¿De qué se trata? –preguntó Molly sin poder

apartar los ojos de la mano de Julianne–. Espera un momento. Es el anillo de la abuela –añadió volviéndose para mirar a Ken en tono acusador–. ¡Tú sabías todo esto y no me dijiste nada!

–Él me pidió mi bendición –explicó Ken encogiéndose de hombros–. Eso es lo que tú querías, ¿no? Guardar el anillo para Jules fue idea tuya.

–Claro que es lo que quería –susurró Molly a punto de llorar–. ¡Mi niña se va a casar! –exclamó. Se levantó inmediatamente para abrazar a Julianne–. Pero si ni siquiera sabía que vosotros dos estuvierais saliendo juntos. ¡Dios Santo! ¡Cuántas noticias hoy! ¿Hay algo más que queráis decirnos?

–¿No te parece suficiente? –le preguntó Heath con una sonrisa.

–Es una noticia maravillosa –dijo Molly–. Celebraremos la boda aquí en la granja, todo el mundo querrá venir. Por favor, no me digáis que queréis una boda íntima.

–Sí, mamá –le prometió Molly–. La celebraremos aquí y será tan grande y fabulosa como puedas imaginar.

–Sí, esta vez la boda tiene que ser espectacular –comentó Heath–. Con un enorme pastel y una orquesta.

Julianne se volvió para recriminarle sus palabras con la mirada. Heath se dio cuenta en ese momento de lo que había dicho.

–Bueno… Julianne y yo nos casamos cuando teníamos dieciocho años.

Molly los miró con los ojos como platos, pero

antes de que pudiera abrir la boca, Ken se puso de pie y la abrazó. Con el apoyo de su marido, Molly consiguió por fin hablar.

–¿Y cuándo fue eso?

–Cuando nos fuimos de vacaciones a Europa después de graduarnos.

–Y al regresar os marchasteis a universidades diferentes –dijo Molly.

–Sí, la verdad es que no lo planeamos demasiado bien –admitió Heath.

–¿Y cuánto tiempo estuvisteis casados?

–Once años. Nos divorciamos hace dos días.

Molly cerró los ojos.

–No me lo puedo creer. Una cree saber lo que pasa en la vida de sus hijos, pero no tiene ni idea. Vosotros casados todo este tiempo. Xander y Rose tuvieron un bebé del que jamás tuve noticias…

–Te lo habríamos dicho, mamá, pero es que prácticamente rompimos después de la boda. Hemos estado separados todo este tiempo.

–Creo que ya he escuchado todas las noticias que soy capaz de asimilar en un día. Ahora, creo que ya me puedes soltar, Ken. Voy a terminar de preparar la cena –dijo mientras se encaminaba a la cocina–. Una pregunta más… no estás embarazada, ¿verdad?

–No, mamá. Te lo prometo –respondió Julianne.

–Está bien. Ahora me voy. Es casi la hora de cenar.

Molly desapareció en la cocina. Ken la siguió

después de dar una palmada a Heath en el brazo. Los dos se quedaron solos con todos sus secretos ya por fin al descubierto.

–Me alegra poder empezar nuestra nueva vida juntos sin secretos –dijo Heath mientras estrechaba a Julianne entre sus brazos–. ¿No? Me lo has contado todo, ¿verdad?

Julianne asintió y se puso de puntillas para darle un beso en lo s labios.

–Por supuesto, cariño.

–Eso me ha sonado a lo que diría una esposa que le oculta muchos secretos a su marido –comentó él riendo.

Ella le rodeó el cuello con los brazos y lo miró a los ojos.

–Me voy a casar por segunda vez, ya lo sabes. Soy una verdadera profesional.

–No creas que no conozco todos tus trucos, mujer. También es mi segundo matrimonio… y él último.

Julianne sonrió.

–No lo dudes.

Epílogo

Era un glorioso día de primavera en Connecticut. El sol brillaba con fuerza sobre la granja. Resultaba la jornada perfecta para una boda en una granja: la segunda en seis meses y con dos más esperando turno.

Molly estaba radiante. Llevaba años esperando ver cómo se casaban sus hijos. Aquel era el gran día de Brody y Samantha. Xander y Rose se iban a casar el fin de semana del cuatro de julio. En cuanto a Heath y a Julianne…

Molly fue a buscar a su hija entre los invitados. La encontró sentada a la sombra de una de las marquesinas, acariciado delicadamente su vientre. El vestido de dama de honor que Sam había elegido para ella no lograba ocultar lo avanzado de su estado. En menos de dos meses, Molly tendría en brazos a su segundo nieto. Casi no podía esperar.

Los recién casados comenzaron a bailar. Sam estaba radiante con su hermoso vestido de novia y Brody también estaba muy guapo. La primera ronda de cirugía había hecho maravillas con sus cicatrices. Habría más operaciones en el futuro, pero lo importante es que él estaba más feliz que nunca.

Wade y Tori no tardaron en reunirse con ellos en la pista de baile, seguidos de Xander y Rose. A Heath le costó un poco convencer a Julianne, pero al final lo consiguió.

Al ver a todos sus hijos juntos y felices, Molly sintió que los ojos se le llenaban de lágrimas. Los últimos años habían sido muy duros, pero todo había quedado atrás. Ken y ella aún tenían que superar su sentimiento de culpabilidad por lo ocurrido con Tommy y lo mucho que sus hijos habían sufrido por él a lo largo de los años. Había sido duro, pero los Eden eran fuertes y habían salido fortalecidos de todo lo que les había ocurrido. El año de bodas en la granja era un maravilloso nuevo comienzo para toda la familia.

Molly sintió que Ken se colocaba a su lado. Él la abrazó y le dio un beso en la mejilla.

—Mira nuestra hermosa familia, mamá —le susurró al oído.

—Resulta difícil creer que hubo un momento en el que creímos que jamás tendríamos hijos —dijo ella—. Ahora tenemos la casa llena de hijos. Y pronto de nietos.

—Esto es mejor de lo que jamás podría haber imaginado. Creo que el cuento de hadas que te prometí el día de nuestra boda se ha cumplido.

—Sí —afirmó Molly—. Hemos conseguido nuestro final feliz.

Deseo

AMANTE HABITUAL

NATALIE ANDERSON

Tras una tórrida aventura que le había partido el corazón, Lena había cambiado y se había convertido en una mujer extremadamente buena. Se enorgullecía de su capacidad para contenerse, porque trabajaba con los jugadores de rugby más atractivos de Nueva Zelanda y, a pesar de ello, no caía en la tentación.

Tras pasar día tras día por el vestuario de los jugadores, Lena se había llegado a creer inmune a los abdominales más perfectos, hasta que Seth Walker entró en su vida y despertó a la seductora que había sido.

Él la estaba tentando para que fuera perversa

Acepte 2 de nuestras mejores novelas de amor GRATIS

¡Y reciba un regalo sorpresa!

Oferta especial de tiempo limitado

Rellene el cupón y envíelo a
Harlequin Reader Service®
3010 Walden Ave.
P.O. Box 1867
Buffalo, N.Y. 14240-1867

¡Si! Por favor, envíenme 2 novelas de amor de Harlequin (1 Bianca® y 1 Deseo®) gratis, más el regalo sorpresa. Luego remítanme 4 novelas nuevas todos los meses, las cuales recibiré mucho antes de que aparezcan en librerías, y factúrenme al bajo precio de $3,24 cada una, más $0,25 por envío e impuesto de ventas, si corresponde*. Este es el precio total, y es un ahorro de casi el 20% sobre el precio de portada. ¡Una oferta excelente! Entiendo que el hecho de aceptar estos libros y el regalo no me obliga en forma alguna a la compra de libros adicionales. Y también que puedo devolver cualquier envío y cancelar en cualquier momento. Aún si decido no comprar ningún otro libro de Harlequin, los 2 libros gratis y el regalo sorpresa son míos para siempre.

416 LBN DU7N

Nombre y apellido	(Por favor, letra de molde)
Dirección	Apartamento No.
Ciudad	Estado	Zona postal

Esta oferta se limita a un pedido por hogar y no está disponible para los subscriptores actuales de Deseo® y Bianca®.
*Los términos y precios quedan sujetos a cambios sin aviso previo.
Impuestos de ventas aplican en N.Y.

SPN-03   ©2003 Harlequin Enterprises Limited

Bianca.

**Le sorprendió descubrir que ella era inocente
en todos los sentidos de la palabra**

Ana Duval sabía que Bastien Heidecker, presidente de una corporación, responsabilizaba a su familia de la destrucción de la de él. Por eso, cuando se vio forzado a acudir en su ayuda durante un escándalo, ella no sabía qué era peor… si la fría condena de él o la ardiente necesidad de que la besara. Bastien había presenciado la ruina de su padre por no ser capaz de controlar su lujuria y despreciaba esa debilidad. Por eso le enervaba desear a Ana, la modelo que anunciaba su negocio de diamantes. El plan de Bastien, que tenía fama de frío y controlador, era acostarse con la modelo y después dejarla…

Inocencia con diamantes

Maya Blake

SEDUCCIÓN TOTAL

ANNE MARIE WINSTON

La última vez que la había visto, habían acabado en la cama. Dos años después, el soldado Wade Donelly tenía intención de repetir la experiencia de aquella maravillosa noche. Entonces Phoebe Merriman era una muchacha inocente, pero la intensidad de su deseo le había sorprendido. Con solo volver a mirarla a los ojos, Wade supo que ese deseo seguía vivo. El importante secreto que quería compartir con él tendría que esperar a que llegara la mañana. Ya había aguardado demasiado para volver a tenerla en sus brazos. Y ya no esperaría más.

*Solo fue necesaria una noche
para cambiar su vida para siempre*

[5]